私たちの望むものは

小手鞠るい

Rui Kodemari

河出書房新社

私たちの望むものは

1

鏡

もう若くない
きれいでもない
ある朝、鏡を見てそう思ったとき
人生は終わっているのだろうか
それともその日から
本当の人生が始まるのだろうか
始まるのだと思いたい
そうでなかったら報われない
もともと報われないのが

人生だとは思うのだけれど

これは、詩だろうか。

おそらく詩のようなものなのだろう。あるいは、これから書こうとしていた作品のイメージの欠片《かけら》か。

この部屋で、いつ、千波瑠《ちはる》はこの言葉を書いたのだろう。

ぶあついノートの最初の一ページに、罫線を無視して、縦に書きつけられている十行の言葉の連なり。黒のサインペンで手書きされている端正な文字を読んだとき、僕は、久しぶりに千波瑠の声を聞いたと思った。低くて、ちょっとだけかすれていて、かすれているのに濡れているような、野太い声。

「男みたいなこの声がね、少女時代にはコンプレックスだったのよ。年がら年中、風邪を引いてるみたいでしょ」

そのあとに、

「だけどね、あの人が『おまえの声に惚れたよ』って言ってくれたから、あたしもこの声が好きになったんだ」

得意げにそうつづけた。

「恋をするとね、相手を通して自分を見るようになる。相手を通してこの世界を見るようになる。つまり、その人はあたしの鏡なの。そしてその鏡には、彼とあたししか住んでいない。世界は完璧に、ふたりだけのものになるのよ。まあ、こんなこと言われても、なっくんにはわかんないだろうけど」

千波瑠は、恋多き人だった。

少なくとも、僕のよく知っている千波瑠は。

入れかわり立ちかわり、人を好きになったり嫌いになったり、くっついたり別れたりしていた。有頂天になったり、大泣きしたり。別れたあとは決まって、終わった恋の顚末を「小説に書いた」と言っていた。もしかしたら千波瑠は、書くために、恋をしていたのだろうか。

千波瑠は、物を書く人だった。書きたい人。書かずにはいられない人。書くことに取り憑かれていた人、だったのかもしれない。

いっしょに電車に乗って、並んで座っているとき、会話の途中で突然、バッグの中から小さなメモ帳を取り出して、さらさらと何かを書き始めることがよくあった。

「ハルちゃん、何、書いてんの？」

横からメモ帳をのぞき込んでたずねると、

「うん、ちょっとね、覚え書きみたいなもの。ついさっき、ぱっと思い浮かんできたんだけど、忘れたくないと思って。あとで使えるかもしれないでしょ？」

「なんに使うの？」

その問いに、含み笑い以外の答えは返ってこなかった。

代わりに千波瑠はたった今、書きとめたばかりの「忘れたくない言葉」を僕に見せてくれた。惜しげもなく、恥ずかしがることもなく。

「ほら、なっくん、読んでみる？　これが大人の世界だよ」

目の前に差し出されたページの上には、まるで殴り書きのように見える文字が、電車の揺れに合わせて躍っていた。

恋は心と心でするもの
体でするのは結婚
心でするのが恋

にきび面の中学生だった僕に、そんな言葉の意味が理解できていたかどうか。

きっと、目を白黒させながら「これが大人の世界？」「これがいったい、あとでどう使われるんだ?」と、訝しく思っていたに違いない。

七〇年代の終わりごろだった。

人気アイドルグループ、キャンディーズの三人が「普通の女の子にもどりたい」と言って解散コンサートを催したその年——後楽園球場に集結した五万人の男たちの、僕もひとりだった——千波瑠は、京都で暮らしていた。

京都の大学を卒業したあと、僕と母の暮らす東京へはもどってこないで、千波瑠はそのまま京都市内にある会社に就職した。主に古美術や骨董を扱っている同族会社で、彼女は当時の四年制女子大学生の就職難をものともせず、社長秘書として採用された。それまでの長きにわたって秘書を務めていた人が、なんらかの事情があって辞めてしまったということだった。

「あの子は私と違って美人だし、頭もいいし、機転も利くし、よく気が回る子だからね。だから社長も気に入って下さったんでしょう」

母はそう言って、妹の就職を喜んだ。

就職祝いと称して、三人でホテルのレストランへ行ったときに交わした会話がよみがえってくる。

「秘書っていうのは、人間観察をするのに、うってつけの仕事だと思わない? あたし、三十歳まであの会社でしっかりと人間観察の修行を積んで、それから、その経験をもとにして小説を書くの」

「夢は小説家？　結婚は？」

そう訊いた母に対して、千波瑠は「うん」とうなずいたあと、

「結婚なんてしない、一生ひとりで生きる」

と言い切った。

当時は、会社で働いていても二十四歳か二十五歳くらいで退職し、結婚して主婦になり、子どもを産んで母親になるのが「女の幸せ」などと言われていた。

あっけらかんとした口調で、千波瑠はつづけた。

「だって、一回きりのあたしの人生だもん。ひとりの人に縛られるなんて、まっぴらごめんよ。冬ちゃんだって、そう思うでしょ？」

母は曖昧な笑みを浮かべて黙っていた。イエスともノーとも言わなかった。

この沈黙は、二十代の初めに未婚のまま僕を産んだことと関係しているのだろうか、などと、白いクロスのかかったテーブルの前で、僕はかしこまって、思っていたに違いない。ひとりの人に縛られたくなくて、母は結婚しなかったのか。それとも、できなかったのか。僕の父親は、どこの誰なのか、どんな人だったのか、母は何も教えてくれなかったし、僕もたずねはしなかった。生まれたときから不在だった人に、関心の持ちようもなかった。

千波瑠は僕の方に視線を向けて言った。

「父はなくても、子は育つわけだし」

母ははっと我に返ったような表情になって、パチパチ手を叩いた。

「そういうこと。男はなくても、女は生きられる」

「おっしゃる通り！　だからあたしも結婚なんてしない。ひとりで自由に生きる。人間、自由がすべてだよ」

自由がすべてだと言い切った千波瑠は、それから数年後に「あたし、結婚することにした」と言い出して、母と僕をあっと驚かせることになるのだが。


千波瑠と僕の母は異母きょうだいで、ふたりの年は十五ほど離れていた。

祖母に先立たれた祖父が再婚した人の、千波瑠は連れ子だった。祖父が亡くなってほどなく、千波瑠の母もあとを追うようにして亡くなったとき、母は三十代になったばかりで、僕は小学生で、千波瑠は中学生だった。それ以降、僕らは三人家族として、ひとつ屋根の下で喜怒哀楽を共にしてきた。母は、僕が小学校に上がる前の年から、都内の私立高校で事務職に就いていた。薄給ではあったものの、祖父たちの残してくれた財産は、三人がつつましやかに暮らしていけば、路頭に迷わずに済む程度はあったらしい。

僕と千波瑠は八つ違い。

僕にとって千波瑠は、叔母というよりもむしろ、姉のような存在だった。強い気性とは裏腹に、優しくて柔らかい面立ちをした、美しい姉は僕の自慢の種だった。

僕は彼女を「ハルちゃん」と呼び、彼女は僕を「なっくん」と呼んでいた。僕の名前は「夏彦」で、母は「冬子」という。

「冬が夏を産んだってことね。あたしはハルだから、あとは、なっくんがアキさんと結婚したら、四季が揃うね、あはははは」

高校生だった僕は、千波瑠の笑い声を聞きながら「そんな馬鹿な」と思っていたが、娘が生まれたときには律儀に「亜希」と名づけて、千波瑠に笑われたのだった。

物心ついた頃から、僕は母よりも千波瑠を慕っていた。

保育園に迎えに来てくれたのも千波瑠だったし、絵本を読んで聞かせてくれたり、文字を教えてくれたり、いっしょに遊んでくれたり、宿題や勉強を手伝ってくれたのも、千波瑠だった。だから、千波瑠が高校を出たあと京都の大学に進学して、家を出ていったときには、寂しくてたまらなかった。

「どうして、都内の大学を受けないの？」

「何度もおんなじこと、訊かないの。前にも言ったでしょ。あたしはいろいろな町に住みたいの。いろいろな町に住んで、いろんな人と知り合って、視野を広げて、自分の狭い世界をどんどん広げていきたいの」

男みたいな声でそう言った。

「小説を書くため？」

「ま、そういうことにしておくか。ほら、こんな歌もあるでしょ」

千波瑠が少し前に流行っていたフォークソング『なのにあなたは京都へゆくの』を歌い始めると、僕はすかさず「東京へは、もう何度も行きましたねー」と、『東京』を口ずさんで対抗したものだった。

思春期を迎えてからは、母とのあいだでつまらない諍いが絶えなくなり、そこから逃げるためにもしょっちゅう新幹線に飛び乗って、京都へ向かっていた。

「なっくん、おもしろいお話、聞きたい？　むかしむかしあるところに……で始まるんだけど、とびっきり新しいお話があるの」

千波瑠のアパートに泊めてもらって、一晩中、「恋のお話」を聞かせてもらうのが楽しみでならなかった。もちろんそれは、千波瑠の得意な「お話」だから、虚実とりまぜたフィクションだったのかもしれないが。「恋は心と心でするもの」は、二十二歳だった千波瑠が、当時、夢中になっていた男から聞かされた台詞だったのだろうか。

あの頃、千波瑠は二十代で、僕は十代だった。

当たり前のことだが、千波瑠にも二十代があり、僕にも十代があった。ふたりとも若くて、未熟で、無知で、そして千波瑠は、とびきりきれいだった。人生はまだ始まったばかりで、僕たちはよちよち歩きの自由人で、地図もガイドブックも持たない旅人で、そもそも人生について、思いを馳せることすらなかった——。

広げたままにしていたノートを閉じて、組んだ膝の上にのせると、両方の手のひらで、僕は表紙に触れた。左手で撫でたあと、右手で撫で、また左手で撫で、右手で撫でた。まるで幼子に「いい子、いい子」をしているように。なぜこんなことをしているのか、自分でもわからないままに。

千波瑠の残した日記帳。

年月日などは入っていないから、雑記帳と言った方がいいのか。

細かい文字でみっちり埋まっているページもあれば、一行か二行だけ書かれて、あとは余白のままのページもある。作家の書いた文章を、本から抜き書きしたのではないかと思われるページもあれば、詩のようなものが走り書きされているページも。

これらはすべて、小説を書くための覚書、あるいは、素材のようなものなのか。昔、いつもバッグの中に入れていた、あの小さなメモ帳に書かれていた言葉と同じような、小説の断片？それとも、下書き？

ノートはずっしりと重かった。

ノートというよりも、本に近い造りになっている。表紙は黒地で、白とブルーのチューリップの絵が描かれている。貼り絵のようになっているせいで、撫でると、手のひらに花と葉の輪郭が当たる。中央に「Journal」と、金色の小さな文字。シンプルなデザインだ。シンプルで清楚な佇まい。栞も付いている。花布《はなぎれ》も付いている。色はどちらも水色。

ひとしきり、手のひらで撫でたあと、今度は指先でチューリップに触れてみた。白いチューリップのつぼみ、開いた花、ブルーのチューリップのつぼみ、開いた花、先の尖った葉っぱ、その順番で、何度も。

僕は何に触れているのか。

まだ僕に読まれていない千波瑠の言葉。これから読まれるかもしれない千波瑠の文章。それらに、僕は触れているのだろうか。たぶん僕は、千波瑠の魂に触れているのだろう。言霊。それもまた、魂であるに違いない。

ふいに、過去から声が聞こえてきた。

——なっくん、いいこと教えてあげようか。

台所の窓から遠くに大文字山の見える、左京区にあった千波瑠のアパートに泊めてもらった夜、真夜中にふと目覚めて、あたりを見回すと、部屋のかたすみに置かれている机の前で、千波瑠が背中を丸めて一心に手を動かしていたことがあった。

紙に向かって、何かを書いているのだとわかった。

わかったが、僕は布団の中から問いかけた。

「ハルちゃん、何してるの？」

「うん、ちょっとね」

「手紙？　日記？　まさか、ラブレター？」

「ううん、そんなんじゃない」

「小説？」

「ま、それに近いものかな」

「いつも何か書いてるね。よっぽど好きなんだね」

くるりと僕の方をふり向いて、千波瑠は微笑んだ。

「だって、好きなことといったら、これしかないんだもの。書くことに、取り憑かれてるの。あたしが取り憑かれているんじゃなくて、書くことがあたしに、取り憑いているのかなぁ。あたしが好きなんじゃなくて、向こうがあたしを好いてるのね」

部屋の明かりは、千波瑠の手もとのスタンドだけだったから、彼女の顔は、闇の中にぽっかり浮かんでいる睡蓮のように見えた。妖艶だった。恋をすると、男を知ると、女はこんな顔になるのかと、僕は勝手に胸をときめかせていた。

「お子様は早く寝なさい。あした、祇園会館の三本立てに連れてってあげるから。あのね、なっくん、いいこと教えてあげようか」

そのあとに、千波瑠はなんて言ったのだろう。

千波瑠の教えてくれた「いいこと」とは、なんだったのだろう。

思い出せない。

思い出したいのに。

遠すぎる。

何もかもが遠すぎる。


僕は立ち上がって、ノートをベッドのそばの丸テーブルの上に置くと、携帯電話を取り上げた。二年ほど前に買い替えたものだが、いまだにすべての機能をうまく使いこなせていない。

時刻を確認する。十時五分。業者とのアポイントメントまで、あと三時間ほど。

その間《かん》に、自分のやるべきことを思い浮かべてみる。処分するものと、旅行鞄に入れて日本まで持ち帰るものと、箱に詰めて日本へ送るものを、三時間のあいだに選り分けなくてはならない。

できるだろうか。やらなくてはならない。

「部屋は空っぽにして下さい。あなたがあとに残すべきものは、何もない空間と部屋の鍵だけです」

アパートを管理している会社のスタッフから、そう指示されている。

上下にあける窓を、大きく持ち上げて、外の空気を部屋の中に入れた。

通りを行き交う車の騒音も入ってきた。窓辺に吊るされているモビールの小鳥が揺れている。青い小鳥と黄色い小鳥。かつて千波瑠もこの小鳥たちといっしょに、こんな風を感じていたのだろうか。

窓の外には、ウェストチェルシーの街と、マンハッタンの空が広がっている。アメリカ西海岸へは何度か旅したことがあるが、東海岸は、今回が初めてだ。おそらく、これが最初で最後になるだろう。

五月の空は青一色に染め上げられて、窓の外に両手を差し出すと、天上のパレットからブルーの絵の具がしたたり落ちてきそうだ。

ストリートは二十二丁目、八番街と九番街のちょうどまんなかあたりにあるこのアパートメントで、千波瑠は決して短くはない歳月を過ごした。五年ほど前に起こった世界貿易センタービルの崩壊も、千波瑠は目にしていたはずだ。

ひとりで、なのか、誰かといっしょに、なのか。

どんな仕事をしていたのか。小説は書きつづけていたのか。その作品が、誰かに読まれることはあったのか。

年に二、三通、忘れた頃にひらりと舞い込んでくるエアーメールにはいつも、あたりさわりのないことしか書かれていなかった。「元気です」「心配しないでね」「毎日、忙しくしています」「英語はだいぶ、うまくなりました」「誕生日おめでとう」「冬ちゃんによろしく」――無論、これらは僕の記憶の中のエアーメールの総体に過ぎない。実際には、千波瑠はもっと言葉を費やしていたはずだし、僕にさまざまなことを伝えようとしてくれていたはずだ。僕が僕のつまらない日常にかまけて、そのことに気づこうとしなかっただけで。

このアパートから日本へは、一度ももどってこなかった。

いや、もしかしたら、もどってきていたのに、僕にも母にも会おうとしなかった、ということなのか。

会いたくなかったのか。

会いたくても、会えない理由があったのか。

僕のまったく知らない、知りようもなかった千波瑠の人生の時間がここで、この部屋で、この街で、この空のもとで、確かに営まれていた。

およそ十四年。三十六から、五十になるまで。

十四年というのは果たして、長い年月なのだろうか、短い年月なのだろうか。赤ん坊だった子が中学生になるのだから、長いようにも思えるし、自分の二十代後半から四十代にかけてをふり返ってみれば、あっというまに過ぎたような気もする。

今しがた閉じたばかりのノートに、僕は目を向けた。

このノートの重さは、手のひらに残っているこの感触は、千波瑠の残した言葉の重みなのだと思った。十四年分の重みを取り上げて、日本へ送り返すものだけを集めるつもりの段ボール箱の底に置いた。ふり返ると細長い鏡に、もう若くない男が映っていた。

＊

こんなに遠いところまで、ひとりで来てしまいました。あなたから遠く、できるだけ遠く、遠く離れてしまいたかった。どんなに会いたいと思っても、すぐには会えない。時差があって昼夜が逆になっているから、電話もかけにくい。そういう場所に、この身を置きたい。そうじゃないと、私はだめになる。そう思ったのです。こんなにも好きだから。こんなにも、あなたのことを想っているから。だから、離れなくてはならないのだと。

今も自分にそう言い聞かせています。これでよかったんだ。こうするしかなかった。私は心の命令に従った。心を守るために。あなたは最後まで「それは違う」と言いつづけていたけれど、でもほかに、どうすればよかったのでしょう。遠い愛。愛は遠い、と言うべきでしょうか。遠く離れていても、人はひとりの人を愛しつづけられるものでしょうか。私は、自分で自分を試してみようとしているのかもしれません。

恋は人を喜ばせるものかもしれないけれど、同じくらいの苦しみを人に与えるものです。動かなくなった車にふたりで乗って、どこかへ走っていこうとするのが恋、というものだから。苦しみに負けて、逃げていく人もいますし、最初から「恋愛なんて」と馬鹿にしてしまう人、あるいは、馬鹿にしているふりをしている人もいます。恋愛小説が嫌いと言って憚《はばか》らない人を、私はたくさん知っています。でもそういう人に限って、恋愛に対する欲望が実は強い。強欲な自分がいやで、どろどろした自分から目を逸らしたいから、面倒なことから逃げたいから「恋愛なんて」と鼻で笑ってみせる。笑いながら、恋愛すらできない自分の人生に対して、ひたすら愚痴を言う。自分の怠慢を人のせいに、何かのせいにする。要は、逃げている。自分から、自分の人生から、逃げている。逃げ切れるわけなんて、ないのにね。

私は、逃げたくなかった。無理矢理に、終わらせたくもなかった。だから遠くへ行く、という手段を選んだのです。この方法が正しかったということを、これから私は私の人生で、証明してみせなくてはなりません。これは、ホーリー・ウォー。私の残りの人生をかけた聖戦なのです。卑怯者が、私は嫌いです。言っていることとやっていることが食い違っている人が、嫌いです。私は卑怯者にはなりたくない。馬鹿な女だと言われてもかまわないけれど、卑怯な女にだけはなりたくないのです。


ここは、ウェストチェルシーにある小さなアパートメントです。おとといの夕方、こっちの空港に着いて、ミッドタウンのホテルに一泊し、きのうの朝、管理人から鍵を受け取って、入居しました。とても簡単な引っ越しだった。だって私の荷物は、スーツケース一個と旅行鞄一個、だけだったから。

赤煉瓦造りの細長いビルがいくつか、くっつくような形で並んでいて、私の部屋は左から三番目のビルの四階にあります。見るからに、古そうなビル。契約時に聞いた、仲介業者の話によると、一八五〇年代、南北戦争よりも前に建てられたビルなのだそうで、だからこそ、あちこちがしっかりと、頑丈に造られているのだとか。

一階のエントランスには、住人全員の郵便受けが横一列に並んでいます。郵便受けにも鍵が付いていています。試しに、あけてみました。もちろん中身は空っぽだったけれど、ここに、あなたからの手紙が届く日を想像してみました。封筒を取り出して、胸に抱きしめている私の姿が見えました。あなたから届く手紙だけを楽しみにして、私はこれからここで生きていくのでしょうか。健気にひとりで、ギリシャの未亡人みたいに、黒い衣装に身を包んで。未亡人というよりも、修道女かしら。恋する修道女。なんてふしだらなんでしょう。あなたの好きなオードリー・ヘップバーンの演じた『尼僧物語』の修道女ですね。

エントランスのつづきから、階段が始まっています。エレベーターはありません。ぎしぎし音のする螺旋階段を四階まで、息を切らしながら上がっていくの。これからはこの階段が、私と世の中を結ぶ通路になります。

シングルベッド、小さな冷蔵庫、前の住人が残していったと思《おぼ》しき、テーブルと椅子とチェスト。生活に必要な家具や電気製品はあらかた揃っていたので、あとはこまごまとした生活用品を買い揃えるだけ。部屋はワンルームだけど、天井がとても高い。これがニューヨークスタイルなのかしら。天井には、備えつけの扇風機とランプ。キッチンは、部屋のすみっこに流し台と調理台があるだけ。その向こうに、バスルーム。部屋には暖房のほかに暖炉も付いているけれど、これは使用禁止。ただのインテリア。

「本棚として使う人が多い」

と、管理人のヘズスは教えてくれました。私もそうしようと思います。

ヘズスは中米からの移民だそうです。どこの国なのかはわかりませんが、ときどき英語にスペイン語が交じります。エキゾチックな顔立ちをしていて、髪の毛は黒で、目はブルー。管理人のことは英語では「スーパー」と言います。彼は私のスーパーマン。

「寒い日には、本を燃やして暖を取るの？」

私がジョークを返すと、ヘズスは親指を立ててウィンク。

「グッドアイディアだ、作家は炎になって燃え尽きる」


窓の外には、六月の空が見えています。

みずみずしい初夏の空です。ハドソン川の方から飛んできたのか、かもめが空を舞っています。今、夏が生まれたばかりです、と言いたげな陽の光。アメリカ東海岸には梅雨の季節はなくて、六月は一年でもっともさわやかな気候がつづくそうです。幸か不幸か、一年でもっとも美しい季節に、私は、寂しいひとり暮らしを始めることになったわけです。

さっきまで、買い物を兼ねて、この界隈を歩き回ってきました。ストリートから大きな交差点まで出ると、薬局、カフェ、コーヒーショップ、レストラン、ケーキ屋さん、雑貨屋さん、花屋さん、小ぶりのスーパーマーケット、本屋さん、ギャラリー、バー、その他いろいろ。いろんなお店があります。ひとり暮らしをするために必要なお店は、すべて揃っているという感じ。二十二丁目のこのあたりはね、昔、流行ったフォークソング『学生街の喫茶店』を彷彿させるような素敵な通りです。

いつかあなたと、この通りを、歩く日はやってくるでしょうか。

来週から働くことになっている美容室へも顔を出して、スタッフに挨拶をしてきました。日系人の経営している美容室ですが、お客の大半はアメリカ人なのだそうです。受付業務のノウハウを教わり、私がやるべき仕事のリストみたいなものももらってきました。夜は当面のあいだ、英会話学校へ通います。今の英語力ではとうていこの街ではサバイブしていけないと思うから。

新しい街で、新しい仕事に就いて、三十六歳の再出発。三十六歳の新入社員（女の人生株式会社への）を、あなたは笑いますか？　でも、あのまま日本で暮らしていたら、私はきっと、生きながら、死んでいくようなものでしょう。あなたという大樹に寄生し、あなたにからみついたまま、朽ちてゆく蔦のような人生。からみつかれたままのあなたの人生。

「俺はそれでかまへん。うれしいくらいや。ルーさえよかったら、いつまででも、好きなだけ、からみついといたらええやん」

あなたはそう言ってくれたけど。私がからみついたままでいると、あなたも苦しくなるのよ。あなたが呼吸困難に陥って倒れたら、私だって、倒れてしまうの。共倒れ。私たちの目指すべき未来は、そのようなものじゃないでしょう。

私の望むものは、なんなのか。あなたにも、よく訊かれたね。この十年間、訊かれない日はなかったような気もするくらい、訊かれたね。

「おまえの欲しいものは、なんなんや」

「おまえの望む通りにしようや」

「おまえのしたいようにしてやるから」

だから離れないでいようと、行かないでくれと、あなたは言った。最後まで、そう言いつづけてくれた。見送りに来てくれた空港で、別れる直前まで。私にはうまく、答えることができなかった。二十六から三十六までの十年間、私の欲しかったものは、望んだものは、なんだったのか。そうしてこれから先、私は何を望んでいるのか。あなたと、どうなりたいのか。

「俺が望んでいるのはな、ルーとこうやって仲良うすること。いちゃいちゃしながら、のんべんだらりと一生を送ること。それだけや。それだけでは、あかんのか?」

あなたはそれだけで、よかったのかもしれない。私はそれだけでは、いけなかった。あなたのすぐそばにいて、いちゃいちゃして、あなたに愛される時間を獲得するために、どれだけの苦しみと孤独に耐えなくてはならなかったか。あなたが私のそばにいない時間、あなたは誰と、どこで、どんな風に過ごしているのか？　あなたの帰っていくその場所で、あなたを待っている人はどんな顔をしているの？　あなたと同じ苗字を持つその人は？　嫉妬というのは、拷問なのです。孤独がそれに拍車をかけます。私がひとりで孤独に耐えているとき、あなたは家族の笑い声に包まれている。これが拷問でなくて、なんなのでしょうか。あなたを愛するために、耐えなくてはならない孤独。ならばいっそ、あなたから遠く離れたところで、耐えてみせよう。そうしてあなたにも、同じような孤独と苦しみを味わってもらおうと、私は思い立ったのです。

「殺生な。俺を殺す気か」

と、あなたは怒りました。でも、わかって下さい。私は私で必死だったのです。

買い物を済ませて、両手にショッピングバッグをぶら下げてアパートへ向かっている途中で、通りに立っている並木の一本に、小さなメモ用紙みたいなものがピンで留められていることに気づいて、私は立ち止まりました。なんだろう、何が書かれているのだろう。そう思いながら木に近づいて紙切れを見てみたとき、そこに、私の知りたかった答えにつながっていくヒントが書かれていたのです。

Love me, or I'll die.

愛を下さい。さもなくば死にます。

「愛」というのは「水」のことなのでしょう。並木を見上げてみると、上の方の枝は枯れていて、葉っぱは一枚も付いていません。死にかかった人の痩せ細った手が「水を下さい」と、天に向かって懇願しているように見えました。この木が水不足で枯れかかっていることを忠告するために、誰かが貼りつけた注意書きなのでしょう。誰が誰に対して、忠告しているのか。あたりには、水源などありません。雨が降らない限り、この木に水をあげることは、誰にもできないでしょう。それとも私がアパートの四階から、バケツに水を汲んでここまで運んでくるべきなのかしら。

詮無いことを思いながら、木を眺めているさいちゅうに、私は「あっ」と声を上げました。驚いたことにその木は、上の方は枯れているのに、まんなかの方の枝には、枝という枝に花を咲かせていたの。りんごの花に似ている、白くて小さくて可愛い花です。杏か、梨か、名前はわからないけれども。半分以上、枯れていながらも、あんなにも見事に、こんなにもきれいに、花を咲かせて、実を付けようとしている。必死な木の姿に、私は胸を打たれていました。

その木に私は、私を重ね合わせていたのです。傲慢でしょうか。自己愛でしょうか。そうかもしれません。でも、この木は私だと思いました。私は水が欲しかった。私は渇き切っていた。あなたに巻きついたまま、干からびて、死んでしまいそうだった。それでも根から幹を伝い、枝を伝い、葉に栄養を送りつづけ、花を咲かせ実をならせて、生き延びようとしてきた。生き延びるために、私はこんなに遠くまでやってきた。私は生きたい。

私の、そしてあなたと私の望むものは、私たちの望むものは、死ではなくて生。これが私の答えです。きっと、あなたの本当の答えと同じでしょう？　あなたも、生きていかなくてはならない。望むと望まざるとにかかわらず、家族のために。あなたを必要としている人たちのために。そうして、願わくは、私のためにも。かつて岡林信康が歌ったように、私たちは「今ある不幸にとどまってはならない。まだ見ぬ幸せに今跳び立つのだ」――これが私の答えです。

階段を上がって、部屋にもどってきたら、ドアの前に、全身の映る長さの姿見が置かれていました。すみっこに、ヘズスのメモ書きがテープで貼ってありました。

「よかったら、使って下さい。要らなかったら、大型ごみ回収に出します」

新品同様の姿見でした。どこかで手に入れた不用品を、引っ越してきたばかりの私に回してくれようとしたのでしょう。親切な人もいるものだと思うと、不覚にも涙がこぼれそうになりました。こんなことで泣きそうになるとは。自分では意識していないものの、私の心は、私が想像している以上に、心細くて不安になっているのかもしれません。大胆なことを軽々と、平気でやってのけてしまうくせに、小心者。いつだったか、あなたが分析してくれた私、そのままに。

　買ってきた物と持ってきた物の整理を大ざっぱに終えたあと、雑巾を絞って、鏡にくっついていた汚れや埃を拭き取ってから、入り口の近くの壁に立て掛けました。鏡の前に立つと、三十六歳の女の全身が、頭の先から爪先まで映っていました。きょうまでの十年あまり、あなたを愛してきた、あなたに愛されてきたはずの女です。不幸な愛だったのかもしれませんが、不毛な幸福ではなかった。溺れそうになるほど、愛でいっぱいだったはずの私。なのになんだか、空っぽな女に見えました。大切なものをすべて失って、すかすかになっているような気がした。映っているのは、抜け殻。あるいは、影。心を失くした肉体だけが、ここにある？　そんな風には思いたくもないのに、そういう風に見えてしまいました。

　鏡は正直です。自分でそう決めて、「行くな」と言うあなたをふり切って、ニューヨークくんだりまで来てしまったのに、そこには後悔している私が映っていました。後悔している？　そう、私は後悔している。けれども、住み慣れた町、住み慣れた国を離れて、あたたかい人のそばを離れて、外国でひとりぼっちで暮らし始めようとしているとき、まったく後悔しない人がいるなら、私はそういう人に会ってみたいものだと思います。

　何はともあれ今は、始めなくてはなりません。

　鏡に背を向けると、窓辺のテーブルの前に座って、ついさっき、近所の本屋さんで買ってきたばかりのぶあついノートブックを開いて、物語の冒頭を書き始めました。いつかきっと、最後まで完成させて、あなたに贈りたいと思っている物語です。全編、あなたへの手紙で構成されている、不埒な愛の小説は、こんな文章で始まります。

もう若くない。きれいでもない。ある朝、鏡を見てそう思ったとき、人生は終わっているのだろうか。それともその日から、本当の人生が始まるのだろうか。

2　写真

打ち合わせの電話で業者から言い渡されていた指示に従って、処分するべきものに黄色いポスト・イットを貼りつけていく。

寝台と呼びたくなるようなベッド、笑えるほど小さい冷蔵庫、古めかしいチェスト、飾り棚、丸テーブルと椅子一脚、ひとり用のソファー、姿見、テレビなどは、迷うことなく処分する方に分類した。電子レンジ、コーヒーメーカー、トースター、加湿器なども。どれもまだ、使えるものばかりだった。もしも引き取り業者が「欲しい」と言えば、喜んで、もらってもらえばいい。

それまではこの部屋の住人だった「物たち」が、たちまち「ごみ」に変わってゆく。

頭の中には、ついさっき読んだばかりの詩のような言葉が、千波瑠の声になって、寄せては返している。

始まるのだと思いたい
そうでなかったら報われない
もともと報われないのが
人生だとは思うのだけれど

千波瑠がある朝、その前に立ち「もう若くない　きれいでもない」と思った姿見は、アンティーク風なレースを模した縁取りの付いた、美しい鏡だった。

この鏡と千波瑠はいつ、どこで、どんな風にして出会ったのだろう。骨董品店だろうか。買い求めたとき、千波瑠はいくつになっていたのだろう。この鏡が日々、映し出していた千波瑠の生活。千波瑠のほかにはこの鏡だけが、知っていることもあるはずだ。

大型ごみとして処分するのだから、トラックに積み込まれた時点で、あるいはトラックで運ばれていく途中で、この鏡は間違いなく割れるだろう。そう思うと、胸が痛んだ。しかしほかに、どうすることができる？　千波瑠は悲しむだろうか。それとも、怒るだろうか。僕がこの鏡をごみとして捨ててしまったことを知ったら。

感傷的になっている場合ではない。

僕は自分を叱咤した。むしろこのあとにつづく作業の過程で、もっと苦しい決断を何度も迫られるに違いない。捨てられないもの、捨てるに忍びないもの、それなのに捨てるしかないものが、次々に出てくるはずだ。何もかもいっしょくたにして、黒いごみ袋に放り込んでいかなくてはならない。胸に渦巻く感傷を切り捨てて、容赦なく、千波瑠の過去を処分していかなくては。

ふり返って、暖炉の方を見た。

煉瓦造りの小洒落た暖炉の内部は、書棚になっている。上下左右の隙間を少しも残すことなく、ぎっしり詰まっている日本語の本と英語の本の割合は、七対三くらいか。見た目の面積は狭そうなのに、暖炉には想像以上の奥行きがあって、収まっている本の数は、決して少なくはない。

まず、本の整理から始めよう。

日本語の本については、ニューヨーク市立大学の附属図書館が、まとめて引き取ってくれることになっている。引き取りの約束の時間は、午後二時。

段ボール箱を組み立てて、日本語の本を詰め込んでいく。

五木寛之、吉行淳之介、三島由紀夫、田辺聖子、森瑶子、司馬遼太郎、宇野千代、芝木好子、

曾野綾子、津村節子――これらは文庫本で、いずれも古びていた。千波瑠が日本から持ってきたか、渡米前に日本から送ったか、どちらかだろう。古びてはいるものの、本はどれも大切にされていた、という印象がある。きっとくり返し読まれたのだろう。すり切れた本の角がそう語っている。

池澤夏樹、星野道夫、村上春樹、江國香織、東野圭吾、小池真理子、村山由佳――現代作家の本は単行本が多く、裏表紙にはドル建ての価格を示すラベルが貼られている。どれも日本の定価の二倍近くの値が付いている。ニューヨークに支店を出している日本の書店で、千波瑠は高い値を払って、好きな作家の本を買っていたのだろう。

奥の方からは、村上春樹だけが出てきた。エッセイ集や翻訳書を含めて、全作が揃っているのではないかと思われた。

単行本の『風の歌を聴け』を手にしたとき、胸の奥がかあっと熱くなった。これは、中三だった僕が小づかいで買った本だ。日本語で書かれた小説を好んで読むたちではなかったが、カバーの絵に惹かれて買い求めた一冊だった。

「ハルちゃん、こんな作家に出会ったんだ。騙されたと思って読んでみなよ。この本、あげるから」

「ありがとう。知らない作家だわ。時間があったら、読んでみる。珍しいね、なっくんがあたしに薦めるなんて、どんな小説なんだろう」

千波瑠を訪ねて京都まで会いに行った日、僕は背伸びして、土産がわりにこの本を持っていったのだった。

「好きになるかどうかは、読んでみないとわからないけど」

ぱらぱらページをめくりながら、どこか気のない素ぶりを見せていた千波瑠だったが、数ヶ月後、東京の家にもどってきたときには、興奮した口調でまくし立てた。

「なっくん、すごくよかった！　あたし、ファンになったかも」

そのあとに、どこがどうよかったのかを、ひとしきり語った。

「なんだかね、薄暗くて湿った四畳半の部屋に、ひび割れたガラス窓から西陽が射し込んできて、畳に付いている染みと人生の虚しさを浮かび上がらせているって感じの日本文学じゃない文学を、初めて読んだって気がする」

「ずいぶんまわりくどい褒め方なのね」

と、母は苦笑いをしていたっけ。

僕は会心の笑みを浮かべて言った。

「要は革新的。いいものはいい、そういうことだろ？」

「そういうこと！　なっくんはセンスがいい。うまく言えないけど、たとえば、新しい音楽のジャンルが生み出されることになる記念碑的な曲っていうのが、あるでしょ。それを小説でやってのけたのが、この作品なんじゃないかなって」

「じゃあ、私も読んでみようかな」

母はそう言ったが、その後、母から感想を聞いた覚えはない。

おふくろになんか、わかるものか。でもハルちゃんにはわかるんだ。僕にわかったことが、彼女にはわかるんだと、あのとき僕は舞い上がっていた。

千波瑠に「センスがいい」と褒められて、有頂天になっていた生意気な若造が、今も自分の内面に棲んでいることに驚きつつ、二十七年前に出た単行本の表紙をそっと撫でてから、段ボール箱に収めた。

そういえば千波瑠は『スプートニクの恋人』がひどく気に入っていた。この作品は、千波瑠がアメリカに渡ってから七年後に出版された。

そういえば、と、僕は思い出す。モノクロのエアーメールの総体の中から突如、色の付いた一通が姿を現したかのように。あるとき、村上春樹を読む心の余裕などない日々を送っていた僕宛に届いたエアーメールに、こんなことが書かれていた。

「この本を机の上に置いて、最初から最後まで、ノートに書き写してみたいほど気に入っています。なっくんはもう読みましたか？　まだだったら絶対必読です……」

思い出しているさいちゅうに、その本が出てきた。

グレイ一色の表紙に、茶色の人工衛星のイラスト。奥付を見ると、一九九九年四月二〇日の発行。ページをめくってみると、ところどころに鉛筆で書き込みが入っている。黄色いマーカーで線も引かれている。

思わずその部分を読んでしまう。


わたしにはそのときに理解できたの。わたしたちは素敵な旅の連れであったけれど、結局はそれぞれの軌跡を描く孤独な金属の塊に過ぎなかったんだって。遠くから見ると、それは流星のように美しく見える。でも実際のわたしたちは、ひとりずつそこに閉じこめられたまま、どこに行くこともできない四人のようなものに過ぎない。ふたつの衛星の軌道がたまたまかさなりあうとき、わたしたちはこうして顔を合わせる。あるいは心を触れ合わせることもできるかもしれない。でもそれは束《つか》の間のこと。次の瞬間にはわたしたちはまた絶対の孤独の中にいる。


パタン、と、わざと音を立てて本を閉じて「だめだ」と、僕はつぶやいた。

こんなことをしていたら、作業はいっこうに捗らない。

いったん図書館行きの箱に収めていた『風の歌を聴け』を取り出して、『スプートニクの恋人』と共に、日本へ送る段ボール箱に入れた。なめるように千波瑠の書き込みを見ながら、何度も読み返してしまうことになるだろう、来たるべき日のために。

それからは、思い出も感傷もふり切って、ただ機械的に段ボールに詰め込んでいった。右は日本語。左は英語。藤沢周平は右。トルーマン・カポーティは左。池田晶子は右。レイモンド・カーヴァーは左、ヘミングウェイは左——


暖炉の中を空っぽにしたあと、立ち上がって、暖炉の上の飾り棚に目をやった。

写真立てが三つ。ほぼ等間隔で置かれている。映画などでよく見かける、アメリカ人の家の暖炉の上と同じだな、などと思いながら、写真立てに手をのばす。

三枚とも、風景写真だった。

千波瑠がどこかへ旅行したときの写真なのだろうか。アメリカなのか、外国なのか、それは僕にはわからない。日本の風景ではないことだけは、確かだが。

広大な沙漠と岩山の写真。同じ角度から、同じ風景を写した組み写真で、それぞれに、朝焼け、昼間の白い月、暮れなずむ空が写っている。

千波瑠が写したものなのか、旅行先やギャラリーなどで買い求めた写真なのか。それとも、誰かから贈られたもの？

それ以上は考えないようにして、英語の本を収めた段ボール箱に入れる。「捨てる」の箱だ。僕は、千波瑠の旅の思い出を「捨てる」に分類した。

壁に掛かっている時計を見ると、ちょうど十一時。

猫の形をしているあの時計も、捨てなくてはならない。ハルちゃん、ごめんな。思わず知らず、時計に手を合わせてしまう。千波瑠が毎日、見ていた時計と猫のしっぽ。

千波瑠は猫が好きだった。

東京でも京都でも、町を歩いているとき、野良猫を見かけると必ず近寄っていって、頭や喉や背中を撫でてやったり、声をかけたりしていた。野良猫は、僕や母には寄りつかないのに、なぜか、千波瑠にだけは気を許すのだった。

「それはね、あたしが野良人間だからよ。同類だってことが、猫にはわかるの」

「だったら、僕は何人間？」

「普通の人間でしょ、一般市民」

「ハルちゃんは、一般市民じゃないんだ？」

「うん、あたしはね、はみ出し者なの。異邦人かも」

「異邦人って、カミュの？」

「おお、なっくん、偉いじゃないの、きみ、文学青年してるね？」

タイトルと作者を知っていただけに過ぎなかったが、千波瑠に認められると、それだけでしっぽをふりたくなっていた。

はみ出し者で異邦人の叔母が、僕は好きだった。千波瑠は僕の初恋の人であり、あこがれの女性だった。千波瑠がそのことに気づいていたのかどうか、それは今もって僕の知るところではないのだが。

この部屋にあるひとつひとつの何かが、別の何かを連れてきて、そこから、忘れていたはずの会話、これまで思い出すこともなかった千波瑠の言葉や仕草が、過去からどんどん、はみ出てくる。はみ出てきて、現在を侵食していく。できることならこの部屋を、このままの状態で、丸ごと日本まで持ち帰ってしまいたい。

身を切るようなつらい作業が始まってしまったことを、僕は改めて自覚した。

死刑執行人になったような気分で、黒いごみ袋を手に、バスルームへと向かう。

扉をあけると右手に、猫足の付いたバスタブとシャワー。貝殻の模様のシャワーカーテンと、揃いのバスマット。壁のフックには、バスタオルが掛かっている。色はクリーム色で、一枚だけ。バスタオルは一枚で、歯ブラシも一本。だから千波瑠はひとり暮らしだった――そう断定するのは、僕の浅はかさのなせる業だろうか。

奥には洗面台。その上に、作りつけの整理棚。洗面台の両脇にも棚。天井から吊るされているのは、星と月のモビール。

ここではもう、ただひたすらロボットになろうと決めた。ロボットだから、何も思わない。何も感じない。手足を動かして、やるべきことをやる。電池が切れるまで。

洗面台の上の整理棚の、観音開きの扉をあけ放って、片っぱしから、ごみ袋の中に入れていく。化粧品、洗面用具、シャンプーやコンディショナーの買い置き、ちびた石鹸、新しい石鹸、コンタクトレンズの洗浄液、タオル、櫛、髪留め、アクセサリー類、日焼け止め、爪切り、風邪薬、湯たんぽ、そのほかこまごましたもの。男の僕には、用途がなんなのか、見当もつかないもの。新品も、そうでないものも、ごちゃ交ぜにして。

キッチンペーパーだけは、掃除用として、最後まで残しておこう。

市販の薬ではなくて、処方箋に応じて調合された薬品は、ごみとして捨ててはいけない。法律によってそう決められている、と、これもあらかじめ管理人から教わっていたので、くすんだオレンジ色の円筒型の容器に入っている薬類は、透明なビニール袋に入れていく。数は多くはなかった。これらは、通りの向かいにある薬局まで持っていって、しかるべき料金を支払った上で引き取ってもらうことになっている。

バスルームは、難なく片づいた。

その勢いを借りて、冷蔵庫の中身を処分した。

小さな冷蔵庫の中には、これをごみにしてしまっていいのかと、人を思い煩わせるようなものはなかった。あったのかもしれないが、すでに僕の神経の一部は摩耗していて、ためらう気持ちは、引っ込められたかたつむりの角《つの》のようになっている。千波瑠は、外食中心の生活を送っていたのだろうか。腐っているものもなければ、生ごみに相当するものもなかった。

次はあれだ。

ぼんやりと、チェストを眺めた。

ベージュの合板製の整理簞笥。五つの引き出しに二個ずつ、まん丸い取っ手がついている。下の四段には、洋服類が入っている。それは、確認済みだ。洋服類はすべて、教会を通して施設に寄付することになっている。捨てるごみと区別するために、白いごみ袋に入れて、最後に管理人室の前まで運んでいけばいい。

衣服というものは案外かさばらないもので、白いごみ袋は合計七つきり。洋服には贅沢をしていなかったのか、あるいは、着なくなった服を溜めないようにしていたのか。

難関は、いちばん上の引き出しだ。

これがいちばんの難関になる、ということも、確認済みだ。

そこには、文房具類、計算機、メモ帳、ペン類、印鑑、身分証明書、パスポート、小切手帳、眼鏡、アクセサリー、便箋、カード類、封筒、アルバム、透明なファイルに入った書類、パンフレット、原稿と思しき紙の束、ノートパソコンなどが、雑然とはしているものの、なんとはなしに秩序が保たれているような格好で並べられている。千波瑠にとってはおそらく、置き場所と置かれている物とのあいだには、なんらかの決まりというか、密接なつながりというか、本人だけにわかる「秩序」があったのだろう。

バスルームや冷蔵庫に残されていたものと同じように、これらを片っぱしからごみ袋に投げ込んでしまうことなどできない。

とりあえず、貴金属類と身分証明書の類いをまとめてジッパー付きのビニール袋に入れ、日本へ送り返す段ボール箱の中に収めた。書類、原稿、パンフレットなども、選別はしないまま同じ箱に入れた。

深呼吸をひとつして、僕は次に小型の写真アルバムを取り出した。

その昔、写真がまだ、カメラとフィルムで撮られていた頃、現像に出すと、写真屋はこんなアルバムをサービスで付けてくれていた。

写真帳は、合計四冊。引き出しのすみっこに、きちんと積み重ねられていた。表紙には、タイトルと年月日などを書く欄が設けられていたが、そこには何も記されていない。ただ、太めのマジックで、数字だけが書かれている。

写真は捨てられない。もしかしたら千波瑠のノートパソコンの中には、最近の写真が保存されているのかもしれない。しかし、紙焼きの写真は貴重なものだ。捨ててしまったら、もう二度と「会えなくなる」――。

四冊をまとめてつかんで、日本行きの段ボール箱の中に収めた。

収めた直後に、気が変わった。

写真は僕の手で持ち帰ろう。郵送中に、事故が起こらないとも限らないではないか。

箱から取り出して、ベッドの上に置いた。ベッドカバーの上には、僕の旅行鞄が投げ出されている。そこに入れようと思った。同時に、今すぐに、今ここで、写真帳をめくって一枚、一枚、写真を見たいという欲求が湧き上がってきた。

僕は千波瑠に会いたかった。写真でもいいから「会いたいんだ」と思った。今、会っておかなくては。日本へもどってからでは遅いんだ、と、訳のわからない理屈が脳内を駆け巡っている。

数字の順番に、見ていった。あまり時間をかけてはいけないと自制しながらも。

一冊目の大半は、千波瑠の子どもの頃の写真だった。

ほぼ年代順に並んでいる。モノクロのものもある。日本から持ってきた写真を自分で適当に整理して、台紙とビニールのあいだに入れ込んでいったのだろう。子ども時代、小学生、中学生、高校生あたりまでのスナップ写真。幼い千波瑠、初々しい千波瑠がそこにいた。可愛くて、利発な少女の、笑い声まで聞こえてきそうだった。あの、アルトの、風邪を引いているような野太い声も。僕や母が写っているものもあったし、僕自身も持っていて、見覚えのある写真も何枚かあった。

二冊目は、二十代から三十代にかけて。

京都の風景、大学時代の友人や、会社の人たちといっしょに写っているものが多かった。パーマをきつくかけ過ぎたせいなのか、鳥の巣のようになっている千波瑠の髪型がおかしくて、少しだけ笑った。七〇年代に流行ったベルボトムのジーンズやひらひらのフリルの付いているブラウスを、千波瑠だけではなくて、男友だちも着ている。男友だちとディスコで踊っている千波瑠の写真もあった。恋多き女だった時代の千波瑠だ。

三冊目は、ニューヨークシティに来てからのものだとわかった。

アメリカ人がたくさん写っている。ホームパーティの写真、クリスマスパーティの写真、ハロウィンのかぼちゃ、テーブルの上に並んでいる料理、ギターを弾いている千波瑠、誰かの結婚式、友だちとレストランで。どれも、最近のものではなさそうだった。デジタルカメラの普及と共に、紙焼きは一気に姿を消したのだから。

四冊目には、風景写真が集められていた。

ニューヨークの街角の風景もあれば、セントラルパークの風景もあったし、植物や樹木の写真もあった。雪景色や、空の雲や、ビルや、猫の写真も。暖炉の上の写真立てと同じで、アメリカなのか、外国なのか、わからない風景も多々あった。日本の風景だけは、含まれていなかった。

四冊目の途中からは、一枚一枚、見ることはしないで、ぱらぱらっとページを繰っただけで閉じて、四冊の写真帳をまとめてバッグに押し込もうとしたとき、ふいに誰かに肩を叩かれたような、重要な忘れ物を思い出したような気持ちになって、風景写真だけが収まっている一冊をもう一度、手に取った。

さっき、無造作にめくっていたときに、人物がひとりだけ、ぽつんと写っているものが一枚だけ、含まれていたような――気がしてならない。

気のせいだったのか。しかし、見過ごしたのだとしたらその一枚を、どうしても今ここで、ちゃんと見ておきたい。この目で見て、確かめておかなくては。そんな不可解な衝動に駆られていた。いったい何を確かめようというのか。見たければ何度でも、ゆっくりと、帰りの飛行機の中でも、日本に帰ってからでも、見られるはずなのに。

まるで一枚の写真が僕を、呼んでいるように思えてならなかった。

それとも僕を呼んでいるのは、千波瑠なのか。

何かの符号のようなその一枚を、僕は簡単に探し当てることができた。

写真には、ひとりの男が写っていた。背景はぼやけていたから、ニューヨークで撮られたのか、日本で撮られたのか、アメリカ以外の国なのか、まったくわからない。

男はカメラに向かってはいなかった。手すりのようなものに両手をかけて、前を見ている。その横顔が写っていた。人なつこい笑みをたたえている。白っぽいジャケットに、青と深緑の格子柄のシャツ。ネクタイはしていない。

千波瑠が撮ったのだろう。しかも、隠し撮りで撮ったのではないかと思われる。足音を忍ばせて近づいていって、彼には気づかれないようにして、千波瑠はこの写真を撮った。なぜそんなことをしたのか、それはもちろん、僕には想像もつかない。

見たこともなく、会ったこともない人だった。体格や髪型や雰囲気が、早世した歌手の河島英五によく似ている。『酒と泪と男と女』だ。三冊目の写真帳にも、この人の写真は入っていなかった。

だから僕には、わかった。わかってしまった。

この男が誰なのか。

なぜわかったのか。直感だろう。確固たる理由がないのに「そうだ」と思ったときの人の直感は、外れない。そういう風にできている。あるいは千波瑠は僕に「なっくん、この人だよ」と教えたくて、わざわざ風景写真だけの一冊に、この人の写真を紛れ込ませていたのだろうか。

ありえない。

しかし、それが起こったときにはありえないことであっても、つまり千波瑠にそのような意図や意志がまったくなかったとしても、長い時を経て、そのものの形や色や有りようが変化していき、結果的には、ありえることになる。人生には時折、そんな出来事が起こる。それは、長く生きてきた人だけにわかる出来事だ。たとえば、三十年前のあの日あのとき分かれ道に立って、自分は深い考えもなく、左を選んだ。それはそれから三十年後にこの人に、あるいはこの道に、出会うための必然の選択だったのだとわかる、というような出来事だ。

「だけどね、あの人が『おまえの声に惚れたよ』って言ってくれたから、あたしもこの声が好きになったんだ」

僕の直感は、告げていた。

これが「あの人」だ。

これは、千波瑠の愛した人だ。恋多き女だった千波瑠の、きっと最後の恋。いや、これが最初で最後の、本物の、深き恋だったのかもしれない。この人を追いかけて、千波瑠はアメリカへ渡ったのか。突然の渡米の背景には、この男がいたのか。アメリカまで追いかけてきたのに、なんらかの事情があっていっしょになれなかった人を、千波瑠はこの部屋で思いつづけていたのか。それとも、この部屋で、この男との逢瀬を重ねていた?

わからない。わかるはずもない。

今の僕が、乏しい想像力を駆使して導き出せる答えは――

「恋をするとね、相手を通して自分を見るようになる。相手を通してこの世界を見るようになる。つまり、その人はあたしの鏡なの。そしてその鏡には、彼とあたししか住んでいない。世界は完璧に、ふたりだけのものになるのよ。まあ、こんなこと言われても、なっくんにはわかんないだろうけど」

千波瑠はこの部屋でひとり、この男を通して、この世界を見ていた。ひとりで住んでいながらも、千波瑠はここで、この男と、暮らしつづけていた。

これは僕の妄想に過ぎないだろうか。ありえないことだろうか。

＊

あなたは覚えていますか?　私たちが出会った日のことを。

私は覚えています。

当然のことながら、その記憶は日々、薄れていきます。記憶とは、薄れてゆくものだから。だけど、薄れていく分だけ、人はそこに創作や願望を加えて記憶を補っていきます。そうやって、自身の記憶を創りかえていくのです。いつのまにかできあがった「記憶」を心の支えにして、人は生きていきます。私もその例外ではありません。この「記憶」は妄想と、言いかえられるのかもしれません。

きょうは、あなたに出会った日のことを、ここに書いておきたいと思います。

どんな小さなことも見落とさないで、つぶさに丁寧に拾い上げ、洋服にくっついた糸くずみたいな、些細なことまで思い出しながら、初めてあなたと出会った日に、私の心に立ったさざ波のことを、そのとき私の人生がどう動いたのか、どう動かなかったのか、あなたは私の心に何をしたのか、何をしなかったのか、あますところなく、書いておきたいと思うのです。

書くことで私は、あなたを私のそばにしっかりと、引き寄せておくことができる。この部屋に、エンジンが壊れて動かなくなった車の中に、あなたを閉じ込めておける。扉を閉めて中から鍵を掛け、あなたについて書くことだけが、私があなたを独占できる唯一無二の手段であり、あなたについて書いている時間だけが、誰にも邪魔されないで、ふたりきりで過ごせている至福の時なのです。

「未練やな」

と、あなたは笑うでしょうか。自分から進んで遠く離れていっておいて「何を今さら」と。私の大好きな笑顔を見せてくれるでしょうか。私の心を痺れさせ、すべての感情を殺してしまえるほど強い魔力を持った、あなたの笑顔。たとえ私に向けられたものでなくても、愛おしい。未練です。自分にこんなにもしぶとい執着心があったとは、驚きです。あなたからも、いつも褒められていたのにね。「ルーはさっぱりした性格で、細かい物事にこだわらず、ねちねち執着せず、あっさりしているところがええなぁ」と。

あなたに出会う前までは、洋服を取りかえるようにして、自由気ままに恋をしてきた私が、皮膚に密着したたった一枚の肌着を、脱ぎ捨てることができなくなろうとは。いえ、あれらは恋ではなかった、ということでしょう。つまり、あなたに出会うまで、私は恋をしたこともなければ、恋がどういうものなのかも知らなかった、ということ。

あなたは私にとって、致命的な読点だったのです。

ある日あるとき、ある文章を書いているさいちゅうに、そのような読点の存在に気づいたことがありました。

——ビルのそばを川が流れていた。

と書いたその一文に、私はなぜかこれではいけないと思い、思ったというよりも感じたとい

うことなのでしょうけれど、

――ビルのそばを、川が流れていた。

と、読点を打った。

その瞬間、その一文を含む段落、だけではなくて、何十枚という原稿のすべてに一本の筋が通った、と、わかったの。すでに書かれている文章、だけではなくて、これから書こうとしている文章にも。

「なんやそれはまた、大げさな」

と、あなたは笑うでしょうね。どうぞ、笑って下さい、好きなだけ。たかが読点、されど読点。だけど、落雷のように落ちてきた読点一個が、その作品を決めてしまったのです。一色に染め上げたのです。あなたは私にとって、そのような読点だったということです。笑いたければ、笑って下さい。

何年も前の出来事なのに、今でもはっきり覚えています。「ビルのそばを、川が流れていた。」と書き直したあと、その一文に、天上からすーっと光が射していたように見えていたことを。

これは、私の創作した記憶ではありません。

あなたは読点であり、あの月の光だった。私の人生を一色に染め上げるだけの力を持った人だった。未練を抱いて、当然ではないですか？

これまでずっと、私の皮膚の内側に棲みつづけていた、見知らぬ他人がひょっこり顔をのぞかせて、私にあかんべえをしているような気がして、私はこの、未練を持て余しています。けれども同時に、今の私はこの未練によってかろうじて、この世界につながっているようなものなのです。

百万遍の交差点の南西の角を、少しだけ西へ進んだところに立っていたブルーグレイの外壁のマンション。ビルの前には今出川通がのびていて、すぐ近くには京大のキャンパスがあり、朝から晩までビートルズの曲だけを流している「りんご」という名の喫茶店や、壁一面に『睡蓮』の複製画の飾られた「モネ」という名のフレンチレストランがありました。「おおきに」という名のうどん屋さんと「焼きもち」という名のお好み焼き屋さんも。小さな書店や喫茶店や安酒を飲ませる居酒屋は、いつも、京大や同志社の学生たちでにぎわっていましたね。

私たちは、雑居ビルの地下にあった「りんご」で待ち合わせて、それからあなたの運転する車でどこかへ出かけたものです。

りんごの裏口からは直接、地下の駐車場に出られるので、

「人目を忍んだ逢瀬にぴったりやろ」

って、あなたは笑いを含んだ声で言ってたね。

「これからふたりでぎょうさん、悪いことしような」

「悪いことって、どんなこと?」

「それは小学生の質問やな。悪いことするのは、大人の権利やろ?」

「どこへ行くの?」

助手席に乗ってからそうたずねると、

「秘密や。最初から行く先がわかってたら、つまらんやろ。わからんところへ行くからスリリングなんや。人生といっしょ。一寸先は闇か天国か」

あるいはまた、

「質問の多い子やな。黙って座ってたら、俺がこの世の楽園へ連れていったるがな」

男の声で、答えが返ってくるのが常だった。

「この世の楽園」――それがあなたの口癖でした。

「またの名を桃源郷ともいう」

「どこにあるの?」

「ここや。おいで、なんでそないに遠いところにおるんや?」

ごめんなさい。先を急ぎ過ぎました。こうして、昔を思い出しながら書き綴っていると、あなたと過ごした日々の記憶が器からあふれて、外に流れ出していくのを止められなくなってしまいます。

足早に、出会った場所にもどりましょう。

ブルーグレイのマンションの一階には、私の働いていた会社「古美術の田中堂」が営んでいる画廊があり、二階には主に現代作家の陶芸や染色や絵画を展示する新田中ギャラリーが、三階にはカタログやパンフレットや画集を中心に出版している田中出版があって、四階から九階までが貸事務所と賃貸マンション。そして、ビルの最上階に社長室、応接室、会議室などがあり、社長秘書だった私の仕事部屋も、その階にありました。

社長を訪ねてきたお客は、エレベーターで十階まで上がると、開いた扉の目の前に置かれているテーブルの上の内線電話を取り上げて「社長室」のボタンを押します。内線電話を受けた私は、エレベーターの前まで、お客様を迎えに行きます。それから、私ひとりが詰めている小部屋に迎え入れたあと、その奥にある社長室へと案内する。それが決められたやり方でした。小部屋の前のお客の面会が長引いているときには、私のデスクのある小部屋で待ってもらいます。小部屋には、そのためのソファーとコーヒーテーブルが置かれていて、お手洗いと湯沸かし室も付いていました。

祇園祭の始まりを次の週に控えていた六月の終わりに、あなたは、私のデスクの上に置かれていた電話を鳴らしました。

約束の時間の十一時よりも、きっかり十五分、早く。

その理由を後日、私は知ることになります（ベッドのシーツとシーツのあいだで）。

「俺はな、どんな人と待ち合わせをするときにも、きっかり十五分、早く行くことにしてるんや。十五分早く行って、その場に慣れるというか、場の雰囲気をつかまえておくというか。交渉に集中するためにな。プラス、俺が勝手に早く来ただけやのに、相手は『待たせて済まなかった』と思うやろ。そこが狙いや。最初から、有利に立てる。先手必勝ということやな」

あなたは、イベントや催し物の会場の設営を手がけている会社の経営者（兼・営業マンだったね）で、田中社長が京都と名古屋と東京で定期的に開催している「古美術祭り」の仕事を取りたくて、やってきたのでした。それまで雇っていた別の会社を退けさせて、自分の会社を起用してもらうのが、あなたのその日の使命だったわけです。

通り一遍の挨拶の会話を交わしたあと、

「しばらくお待ちいただきますが、何か飲まれますか？　コーヒー、紅茶、緑茶、つめたい物もご用意できますが」

そうたずねた私に、あなたはなんて言ったか、覚えてる？　人なつこい笑顔で、黒目がちな瞳を輝かせて、あなたは言い放ったの。ぎょっとするほど大きな声で、ずけずけと。

「おおきに、飲み物は要りません。さっき飲んできたところやし。お気づかいありがとう。ほな、待たせていただきます。クーラー、ちょっときついんで、ゆるめてもらえますか？　なんや、北極の白熊になってしまいそうやし。ところで、お名前は、なんて言わはるの？」

大きな声だったのは、あなたの右の耳が難聴だったせいだった。「便利なモンやで。聞きとうないことは、聞かんで済むしな。何か問題が起こったときでも、ああ、それ、よう聞こえてませんでしたわ、で済むやろ」「きょうからルーちゃんの定位置は、俺の左や。俺、好きな女は左に置いて、どうでもええ女は右に置くねん。愚痴の多い女とか、恨み節の得意な女とかも、みな、右や」――もちろん、そんなことを私はまだ知らないから、なんて大きな声を出す人なんだろうと、びっくりしていました。

そう、あなたは私をびっくりさせるところから、ふたりの物語を始めたのです。タイトルは「びっくり箱物語」かしらね。

あわててクーラーをゆるめて、私が名を名乗ると、

「初めまして、以後よろしゅう頼みます。青木さん。へえ、千に波に瑠璃色の瑠やて。そらまた、凝った名前を付けてもろたね。東京の人？　関西の人とはちゃうやろ？　アクセントがおかしいわ。せやけど、不思議に素敵な声や。セクシーや。あの頑固な大将がそばに置きたがるのもようわかるわ。エレガントな子。秘書は会社の顔やしな。美人やないと務まりません」

一気にそう言って、ソファーのまんなかにどっかりと腰を下ろしました。それから、鞄の中

から書類みたいなものを取り出して紙に視線を落としたまま、何か考え事をしているような素ぶりを見せていました。だから私は、これ以上、邪魔をしてはいけないと思い、自分のデスクの前に座って、やりかけだった仕事のつづきにもどったのです。

その間、もしかしたら、たわいのない会話を交わしていたのかもしれません。けれども、残念ながら思い出せません。

あとで、あなたは教えてくれました。

「何しゃべったか、俺もひとつも覚えてへん。あのとき俺、ほんまにドキドキしてたんやで。新手《あらて》の女が現れたわ、どないしよう思うてな」

「新手の女?」

「うん、これは、今までに出会ったこともない人に出会ったな思うて」

「いい意味で?」

「決まってるがな、野暮な質問、しなさんな」

「じゃあ、最初からメロメロだったってこと?」

「ま、そういうことにしておこか。降参してた。降参してたくせに、頭の中には、どうやってこの城を攻め落としたろか、それしかなかった」

本当に、そのようなことを思っていたのかどうか、怪しいものです。きっと、私を喜ばせようと思って、言ったことでしょう。

これは、つきあうようになってからつくづく思い知ったことだったけれど、あなたはその言葉とは裏腹に、とても繊細な神経の持ち主だった（照れますか？）。言いたいことをストレートに口にして、本音をずばずば語っているように見せかけて、その実、本音をずばずば語る人のふりをしている、そうしなくては場を持たせられない、というような。当たっているでしょう？　見事なまでに。

私にはね、あとにも先にも、あなたに教えなかったことがあって、それは私もあのときすでに、あなたに惹かれていた、ということ。本当よ。だって、嘘なんかついたって、なんの得もないじゃない？　なんなの、この強引そうな男は。いかにも遊んでいそうな放蕩男。いかにも女の扱いに慣れていそうな女たらし。それが第一印象。「セクシーや」だなんて、時代が時代なら、セクシャルハラスメント。だけど、女というものは、同じ言動であっても、相手によって、それがセクシャルハラスメントになったり、愛の告白になったりするものなの。

第二の印象（というよりも分析かな？）は、強引で、自分勝手で、押しが強そうで、わがままで、やんちゃで、それなのに、そこにいるだけで相手をふわっと包み込んでしまって、蕩《とろ》かしてしまうような優しさというか、煙に巻いてしまうずるさというか、摩訶不思議な吸引力の持ち主。これも、当たっていますか？　たとえば、それぞれの女がそれぞれに隠し持っている秘密の扉があったとすれば、その扉をいとも簡単にあけてしまえる万能の鍵を持っている、とでも言えばいいのかしら。私もその鍵で、まんまとあけられてしまったわけだけれども。

あの日、あなたはまんまと社長に取り入って（というと、あなたは怒るでしょうけれど）、ビジネスを成功させ、それ以降、あなたの会社は、田中堂のありとあらゆるイベントの会場設営を手がけることになります。

あなたが、梅雨の晴れ間《ま》みたいなさわやかな笑顔で社長室から出てきたのは、十二時二十分くらいでした。壁の時計が指していた、針の形まで覚えています。

社長はその日、午後一時から、三条木屋町近辺で食事会に参加する予定だったので、私はあなたを見送ったあと、ハイヤーを手配し社長を乗せてから、会議室か休憩室でランチを食べようと思っていました。自分でお弁当を作って、持ってきていたのです。おむすびと、卵焼きと、ほうれん草のおひたしと、大根のお漬物だったかな。

「本日はご来社下さり、ありがとうございました」

頭を下げたあと、エレベーターの前まで、あなたを送っていこうとしました。そういう風にするのが、これも会社の決まりだったから。

あなたの少し前を歩きながら、エレベーターホールへ向かいました。下ろしたばかりのハイヒールを履いていたことを覚えています。色はサーモンピンク。少しあとで「ルーちゃんは足の形がきれいやし、ミニスカートにハイヒールがよう似合うな」って言われたことも。

エレベーターホールの壁の一方は全面ガラス張りになっていて、外の景色が見えるようになっています。

「あ、雨が」

私はそうつぶやきました。朝方には小ぶりだった雨が上がって、ついさっきまで晴れていたはずの空が、いつのまにかまた濃い灰色に変わっていて、不穏な雲の中から、地面を突き刺すような銀色の雨が降っていたのです。実際には聞こえなかったものの、耳もとに、雨音が聞こえてきそうなほど激しい土砂降りの雨。

あなたは傘を持っていませんでした。会社の駐車場は、ビルの裏にあります。地上です。短い距離ではあるけれど、車に着くまでにあなたがずぶ濡れになってしまうのは、必至でした。

「今、傘をお持ちしますので」

とっさにそう言って、私はオフィスに駆けもどると、傘立ての中に差し込んであった自分の傘を抜き取りました。傘立てには、ビニール製の置き傘も数本あったのに、私はなぜ、自分の傘を抜き取ったのでしょうか。そこに、特別な思惑はなかったように思います。それとも私は、私の傘であなたを車のドアのところまで、送っていこうと思っていたのでしょうか。ビニールの傘だと、別れ際に「どうぞ」と言って手渡してしまえば済むわけだから、きっと、送っていこうと思っていたのでしょう。でもそのときにはそこまで考えが回っていたわけではなくて、反射的に抜き取ったということです。白い縁取りのある濃紺の傘で、開くと、ピンクとブルーの紫陽花の模様が広がります。誰が見ても女物の傘だとわかります。

エレベーターの扉があいて、私はあなたといっしょに乗り込んでから、

「駐車場まで、あの、車のドアのところまで、お送りしますので」

そう言いながら、自分の傘を見せました。すると、あなたはにっこり笑って、こう言ったのです。もしかしたら、あのとき、私はあなたの右に立っていたのかしら?

「おおきに、ほな、遠慮なくお借りします」

私の手から傘を奪い取ると、私の目にまっすぐな視線を当てました。思わず目を逸らしそうになるのを、こらえなくてはならなくなるほど、強い視線でした。借りてもいいですか? ではなくて、お借りします、と言われて、どう答えたらいいのかわからなくて、私はただ「はい」とだけ返事をしました。

つかのまの沈黙のあと、

「借りたモンを返すためには、お礼をするのが礼儀やから、今度、食事にでも行きましょか。

うまいモン、食わしてあげるよ。ほんまは今すぐにでも誘いたいとこやけど、大将にばれて、せっかくの契約がだめになって、お出入り禁止になったら大変やし」

よく響く声でそこまで言ったとき、エレベーターの扉があいて、あなたは飛び出すように外へ出ると、くるりと私の方をふり向いて、あの「百万ドルの笑顔」を見せました。

「近いうちに電話するし、デートしよな、エレガントな別嬪さん、もとい、青木千波瑠さん、さいなら」

それだけを言うと、颯爽と、風のように去っていきました。右手で、女物の傘をぐいっと握りしめて。自信たっぷりなうしろ姿でした。私はまるで、台風でいっせいになぎ倒された草みたいな気持ちだった。つまり、容赦なく倒されたということ。気持ちよくノックアウトされたということ。うまく言えないけれど、あなたが受付に姿を現してから、去っていくまでのあいだに、世界には、あなたと私しかいなかった、そんなような気がしました。

傘が取り持つ縁でしょうか。にわか雨が取り持つ縁でしょうか。雨かもしれません。だって、あの激しい雨は、あなたが駐車場に着く頃には、ぴたっと止んでしまったんだもの。まるで、私たちを結びつけるためだけに、空が降らしてくれた奇跡の驟雨《しゅうう》。

それから何年かが過ぎて、鎌倉へ旅行して紫陽花寺を訪ねたとき、私たちは出会いの場面をふたりで再現しては、笑い転げたものでした。

「エレガントな子っていうのがね、殺し文句だったわ。誰かれなしに、ところかまわず、そう言ってるんでしょ？」

「ほんまはな、可愛《かい》らしい子や、言いたかったんや。けど、意味を取り違えられたらかなわんやろ。せやし、苦し紛れに浮かんできた言葉を言うたんや。とにかくな、ドスの利いた声と、見た目の落差にまんまとやられてしもたわ」

「あんなに速攻で、デートに誘った人はいなかった。前代未聞の男だったわ。言語道断とも言えるかしら。手も早いけど、口も早いのね」

「いや、俺はほんまは人見知りなんやで。それはルーがいちばんよう知っとるやろ。あのときにはそれはもう、清水の舞台からまっさかさまの気分やった」

「やっぱりこの雨が取り持ってくれたのかな？」

「アホやな、あの大将が取り持ってくれたんやないか。あの頑固社長がルーを採用してくれたことに、いくら感謝しても、俺は感謝し足りんわ」

雨に濡れながらぼってりと咲いていた紫陽花が、まぶたの裏に浮かびます。

「ピンクと白とブルー、どれが好き？」

「そやな、やっぱり青かな」

「あたしも！」

「ま、俺はブルーよりも、ルーが好きやけど」

「ルーって何色？」

「俺に言わす気か？　ルーは卑猥な色やわ。せやけど、こうやって雨に濡れたら、色が変わる、いうところがええねぇ。性別があるとしたら、紫陽花は女やと思うわ」

「紫陽花の別名は、七変化っていうんだよ」

「よう知ってるね」

「だって、パンフレットにそう書いてあるもの」

国内旅行は、あなたの側の事情で、それほど頻繁にはできなかった。高野山、飛驒高山、日光、東京（あなたの出張にくっついていった）。いつも長くて一泊。鎌倉は、例外だった。あなたは鎌倉で、私といっしょに長い時間を過ごしてくれました。まるで覚めない夢のような三泊四日の旅。楽しかった。もしかしたら今も、私はあなたと鎌倉を旅しているのかもしれません。あのお寺を訪ねたら、若かったふたりに会えるかしら？

鎌倉で撮ったたくさんの写真を、アメリカまで持ってくればよかったなと、私は今、この文章を書きながら、ひどく後悔しています。

あなたの写真は一枚も、引っ越しの荷物の中には入れなかったの。写真を持ってくると、絶対につらくなるって、わかっていたから。だから、ごめんなさい。あなたの写真は一枚残らず、捨ててしまいました。怒らないでね。でもあなたの肖像は、百万ドルの笑顔は、私の胸にしっかりと焼きつけられていて、この一枚きりの写真は決して、古びることも色褪せることもありません。

出会いの日は雨だったのに、記憶はこの胸の中で今も、まぶしいほどに晴れています。衝撃的で、確信犯的な、いい出会いだったなと思います。もちろんそのあとには、まわりの人たちを巻き込んで、さまざまな人に迷惑をかけ、人を傷つけ、自分も傷つくような出来事が待ちかまえていたわけだけれど。嵐の前の静けさ。なんて激しい静けさ。出会いの日から三日後の土曜日、傘を返してもらうという口実で、あなたに夕ごはんをご馳走になった夜も、静かで激しくて、そしてとてもロマンチックだった。千波瑠がルーに変わった夜。

「このまままっすぐおうちへ帰れるとでも思うてるの？　考え、甘いで」

確かに甘かった。あなたと過ごした夜は、きりもなく甘かった。それまで流れていた時間が、時間ではなかったのだと思えるほど、あなたは私を有頂天にさせてくれたし、私を骨抜きにしてしまった。罪な人、罪な読点、罪なびっくり箱。可愛い人、愛されるべき人、私の男。

この広い世界には、数え切れないほど多くの人間が暮らしています。人は毎日、数え切れないほど多くの人と同じ電車に乗り合わせ、同じ通りを歩き、同じ交差点で信号待ちをします。数え切れない人とすれ違います。その中から、それでも人は、たったひとりの人間に出会うのです。双子の片割れのような人に。背中と背中をくっつけて泳ぐ魚座の二匹の魚の片方に。

私たちが結ばれた夜、海にはどんな波が寄せて、返していたのでしょう。私たちが出会った日、砂浜にはどんな風が吹き、どんな光があふれていたのでしょう。美しいこの世界で、あなたという唯一無二の人に出会えたことは、私の人生最大の宝です。

出会いの神様に、私は感謝しています。でも同時に、私は神様を恨みます。神様は、順番を間違えたのです。なぜもっと早く、私たちを出会わせてくれなかったのでしょう。あなたが結婚する前に、あなたが誰かの夫になる前に、私はあなたに出会いたかった。だけど、それは無理。当然、無理。それに、仮に出会っていたとしても、どうすることもできない。だって、あなたが結婚した年、私はまだ東京で中学生をやっていたんだものね。もしも、タイムマシンで過去にもどれるなら、あなたが結婚する「十五分前」に、私はあなたの前に仁王立ちになって立ちはだかって「その結婚、待った！」って、叫びたかった。あと十年経ったら、私たちは出会えるのだから、それまで待っててて、と。

これもまた、未練でしょうか？

最後に、あなたに捧げる詩を一編。

戦争に勝ち負けがないように
恋にも勝ち負けはない
美しい不倫の恋もあれば
不毛で醜い結婚もある
人は無傷ではいられない
傷つけられることもあれば
傷つけることもある
不幸も幸福の一部だと思えるような
恋が一度でもできたなら
それだけで素晴らしい
ましてやたったひとりの人を一生
想いつづけていられたら
涙に濡れた夜があってもいい
乾き切った人生よりはいい

3　花器

チェストを空っぽにしたあと、飾り棚に着手し、壁を裸にした。

壁に掛かっていたカレンダーは先月のままで、そこには、野草のイラストが描かれていた。日本では見かけない植物だった。アメリカ東海岸の四月の野に咲く花なのだろうか。千波瑠のめくった三枚と、めくることのできなかった九枚。僕の生きた三ヶ月と、これから生きるだろう九ヶ月。今年一年の月日がごみになった。

想像していた以上に整理作業は早く進んで、あとは台所と玄関の周辺を残すだけになっている。物を溜め込んでいなかった千波瑠のライフスタイルを好もしいと感じる一方で、早いペースで片づいている、ということを、僕は素直に喜べない。もっと僕を手こずらせ、困らせて欲しかった。千波瑠の十四年間がこんなに簡単に片づいてしまっていいのか、というような、理不尽な思いが湧いてくる。

少し休憩しようと思い、電気ポットで湯を沸かして、棚に置かれていたティーバッグのハーブティを淹れた。乾き切っている洗い物の水切り用の籠の中から、いちばん上に置かれていたマグカップを取り上げて。

ラベンダーとレモンピール。千波瑠も飲んだに違いない。ティーバッグはまだ半分以上、残っている。箱を棚にもどそうとして、手を止める。もどす必要はないんだと気づく。箱ごと、黒いごみ袋に放り込む。

カップを手にベッドに腰かけて、写真の男のことを考えた。

僕の妄想の世界ではすでに、千波瑠はあの男を追いかけて、ニューヨークに来たことになっている。この街で仕事をしていた男だったのか。

あの男は千波瑠に何をしたのか。何をしなかったのか。

あの男が千波瑠を追い詰めたのか。それとも解放したのか。

あの男が千波瑠の心を殺したのか。それとも生かしつづけたのか。

あるいは、千波瑠があの男を――

まったく意味のない問いかけだとわかっていながら、自問するのをやめられない。どんなに考えたって、四十男の若白髪頭で想像したって、事実がぽっかり浮かんでくるはずなどないのに、僕は考えた。まるで哲学者のように。

事実とは、湖に沈んだ小石のようなものだと思う。小石の沈んだ深い湖が、目の前にある。風もないのに、波が立っている。波を起こしているのは、小石だとわかっている。僕が望んでいるのは、波を鎮めることだ。僕が望んでいるのは、静謐な世界と物事の安定だ。小石を取り除けば、それらが得られる。腕をのばして、湖底から小石を取り出そうとする。そんなことをすれば、湖面の波紋は鎮まるどころか、広がる一方だ。それでもどうしても小石をつかみ取って、この手のひらにのせ、その色や形を確かめてみたい。確かめずにはいられない。

あの男は、千波瑠の婚約者だった男なのか。

千波瑠が二十代だった頃、彼女が若くてきれいだった頃、働いていた会社の社長に引き合わされて、とんとん拍子に結婚話がまとまったのに、急転直下で破談になった。そのような出来事があった。詳しいことは母だけが知っていて、僕には教えてもらえなかったが。

仮説を立ててみる。

男は婚約を破棄して、十年後、アメリカへ渡った。千波瑠は男を追いかけて渡米した。そういうことだったのか。ということは、破棄されたあとも約十年間、千波瑠は男を想いつづけていたことになる。そんなことがありえるだろうか。

それとも、もしかしたらあの写真の男のせいで、千波瑠が婚約を破棄した、ということなのか。つまり、千波瑠は婚約中にあの男に巡り合ったせいで、結婚を取りやめた。だとすると、十年後に渡米するまでは、あの男と日本でつきあっていたことになる。その後、男の渡米に合わせて、自分もアメリカへ。しかしいっしょにはなれなかった。

いや、あの男は、千波瑠がアメリカに来てから知り合って、しかしなんらかの事情があって、いっしょになれなかった人なのではないか。

五十になるまで独身を貫いた千波瑠の恋は、不倫だったということか。

仮に不倫だったとしても、僕は千波瑠を咎めるつもりもないし、ジャッジもできない。僕だって、妻以外の女性に心を惹かれたことは、ある。妻にもそのような男性が、いた。それらを「不倫」と言われたら、確かにその通りなのだが、そういう経験のまったくない人がいるなら、会ってみたいと僕は思う。

結婚は人の生活を縛るものだが、心までは縛れない。心を大事にして、心の命令に従って、心の思うままに生きる。仮にそういう生き方があるのだとしても、それができる人は、少ない。ほとんどいないと言ってもいいのかもしれない。度合いの差はあるにしても、多かれ少なかれ、人は生活に縛られている。

しかし千波瑠は、心に縛られていた、ということなのだろうか。

千波瑠の抱えていた小石とは、長きにわたる不倫だったということか。

突然の渡米の理由は、僕と母には「日本から遠く離れた場所で、落ち着いて小説を書きたいから」と説明された。母も僕も「どうせすぐに帰ってくるさ」と高をくくっていた。その影に男がいたなんて、千波瑠をアメリカに引き止めておく重要な存在があったなんて、思いもよらないことだった。

そもそもあの写真の男が、千波瑠にとって重要な存在であったかどうかも定かではないのに、僕はなぜかその部分――「重要な存在」――を疑ってかかることができない。

ふと、窓の方に目を向けた。

網戸越しに風がするりと忍び込んできて、窓辺のモビールの小鳥たちを揺らした。遅かれ早かれ僕の手で引きちぎられて、ごみになってしまう小鳥たちだ。風だけが知っている千波瑠の秘密に、小鳥たちが揺らめいているように見えた。風前の灯のように。いや、風が秘密を揺らしているのだ。この部屋で千波瑠の秘密を見てきた小鳥たちを。

もしも千波瑠に「秘密」があったのだとしたら、彼女はそれを書いていたはずだ。書かずにはいられなかったはずだ。書くためにこそ、秘密を抱えようとするような人だったのだから。

そうだ、ノートだ、と、ひらめいた。

あの雑記帳のようなぶあついノートの中に、答えが書かれているのではないか。あるいは、答えにつながるヒントのようなものが。

椅子から立ち上がって、日本へ送り返すものだけを集めようとしている箱の底から、白とブルーのチューリップのノートを抜き取ると、誰かに何かを急き立てられているような気持ちになって、立ったまま、無造作にページをめくった。

しかし、小石は簡単には取り出せない。

湖は深いのだ。

最初に手に取ったときの印象通りで、ノートに書きつけられているのは、千波瑠にだけ意味のわかるメモ書きのようなものがほとんどだった。罫線と罫線のあいだに、細字のサインペンでぎっしり文字が埋まっているページもあったし、ひとまとまりの風景描写や人物描写もあったが、それらはいずれも、絵にたとえるとラフスケッチのようなものに過ぎず、あたかも、わかりづらい翻訳小説の一場面を読まされているようだった。

おまえ、いい加減にしろよ、と、自己嫌悪のため息をつきながら、ノートを閉じようとした瞬間、僕の目をかすめた言葉があった。

思いつくままに、ざっくばらんに書き連ねられたと思しき言葉の断片。地名や人名や固有名詞。中にいくつか、赤ペンで囲まれた言葉があって、その赤のひとつが目に飛び込んできたのだった。百万遍、交差点の角、京大生、駐車場、りんご、ビートルズ、地下駐車場、車中でのふたりの会話、読点、傘、この世の楽園――

飛び込んできたのは、赤い「りんご」だった。

ビートルズの曲だけを流しつづけていた「りんご」という名の喫茶店だ。

「かつては学生運動家でした。機動隊に向かって、石を投げたこともあります。ひと晩、警察ホテルに泊まったこともあります」と顔に書いてあるような、バンダナと髭のマスターがサイフォンで珈琲を淹れていた。

千波瑠といっしょに、というよりも、千波瑠に連れていってもらったというのが正しいのだが、あの喫茶店へ何度か、行ったことがあった。千波瑠の働いていた会社がその近くにあったので、僕が先にりんごへ行って、覚えたばかりの煙草を格好つけて喫《す》いながら、退社してくる千波瑠を待っていたこともあった。

僕らはりんごで合流して、千波瑠に晩飯をおごってもらったり、古本屋の梯子をしたり、フォークソングの弾き語りのライヴハウスへ行ったり、レコード店で、僕が夢中になっていたボブ・ディランやザ・バンドのレコードを買ってもらったりした。

千波瑠と肩を並べて京都の町を歩いているだけで、いっぱしの大人の男になれたようで、誇らしかった。千波瑠にふさわしい男になりたい一心で、背伸びして酒にも手を出し強くなり、一晩中でも飲めるようになっていた。

僕は血気盛んな高校生だった。あの頃の僕は、中学生だった頃の理由——家から、母からの逃避と、美しい叔母に対する淡いあこがれ——とはまた違った理由によって、京都に住んでいる千波瑠を足繁く訪ねていた。

違った理由とは、こうだ。

高校生になったばかりの頃、体内でむっくりと「男」が目を覚まして以来、僕は夢の中で千波瑠を「求める」ようになっていた。夜ごと、千波瑠の裸を夢想しながら果てる、という行為をくり返していた。母も千波瑠も知るすべもなかったことだろうが、同級生たちも似たり寄ったりで、彼らの中には、父親や兄や先輩たちからしかるべき雑誌を与えられたという奴もいた。僕には父親も兄貴もいなかったから、自分なりのやり方を見つけるしかなかった。

その一方で、大学受験を巡る母との対立が激しくなり、息子をどうしても大学へ行かせたい母は千波瑠に、僕を説得させようとでも思っていたのか、京都へ行くことに関しては至って寛容になっていた。母の目論見とは裏腹に、千波瑠は僕に「大学なんて、行っても行かなくてもおんなじよ。どうせ行くんなら、四年をかけて世界旅行へでも行ってきなさい」などと、破茶滅茶なアドバイスをしてくれたものだったが。

僕のりんごは、甘ずっぱくて、苦かった。

千波瑠に対する欲望と、来たるべき失恋の味だ。

忘れもしない、かれこれ二十年以上も前のあの日、『イエスタデイ』の流れるりんごの狭いテーブル越しに向かい合って、千波瑠はいかにも幸せそうな笑顔をふりまきながら、

「あのね、なっくん、きょうはニュースがあるの。まだ冬ちゃんにも話してないんだけど、あたし、婚約したの」

そう言い放って、僕を絶望のどん底に突き落とした。

「ハルちゃん、結婚はしないいんじゃ……」

「恋もいいけどさ、結婚もなかなかいいものだと思うよ。帰る場所がおんなじで、眠る場所もおんなじ。今度いつ会えるの？　って、思わなくても訊かなくても会えるわけでしょ、好きな人に。精神の平安と法律的独占。結婚が与えてくれるものは、大きいと思うの。なっくんも大人になったらきっと、素敵な人を見つけてね。素敵な結婚をして、冬ちゃんを安心させてあげてね」

僕はあのとき心底、失望していた。

こんな惚けたことを言う千波瑠は、千波瑠じゃないと思っていた。千波瑠はこんなつまらない女だったのか。自由人であり、異邦人であり、野良人間であり、「結婚なんてしない、一生ひとりで生きる」と言い切った千波瑠こそが、僕のあこがれの人だったのだ。千波瑠が一生、独身でいるなら、僕も一生、独身を貫いて千波瑠を守る、なんて、大それたことを思っていた

尻の青いティーンエイジャー。それが僕だった。

あの日、りんごで、ティーンエイジャーは恋に裏切られたということなのだろう。もうこれ以上、どんなに想ったとしても、目の前にいる千波瑠は、手の届かないところへ行ってしまったのだと、僕は地団駄を踏んで悔しがっていた。

今にして思えば、ちゃんちゃらおかしい話だ。なぜなら、千波瑠の眼中にはそもそも僕のことなど毛ほどもなく、僕はそのへんに転がっている甥っ子に過ぎなかったわけだから。だから平気で、僕を自分のアパートに泊めてくれていたんだろうし、布団を並べて暗闇の中で、「恋のお話」をしてくれたんだろう。


苦笑いと共に、マグカップに残っていた黄金色の液体を飲み干して、立ち上がろうとしたとき「待てよ」と、思った。りんごが別の光景を連れてきた。

光景ではなくて、情景と言った方が正しいか。それは僕の目ではなくて、感情の見た光景だったのだろうから。

僕にとって絶望的な、婚約発表を聞かされて数ヶ月後くらいだったか。やはりりんごで千波瑠に会ったときのことだ。そのときには、僕は友人といっしょに京都へ遊びに来て、友人の先輩のアパートに泊めてもらっていた。

りんごで手洗いに行き、席にもどろうとしているとき目にした千波瑠の表情に、僕は一瞬、その場に凍りついたようになってしまった。

千波瑠はうつむいて、何かを深く考え込んでいるような顔をしていた。ついさっきまで、顔を上げ、僕の目をまっすぐに見つめて、いかにも楽しそうに、いかにもうれしそうに、大学院で何かを研究しているという婚約者の自慢話をしていたときとは、別人のように見えた。

まるで光と影のようだった。会社の出張で訪ねたスペインやポルトガルやギリシャで、そのような光と影を体験したことがある。燦々と太陽が当たっている場所はあたたかいのに、日陰に入るとすうっと、蛇のような冷気が忍び寄ってくる。

千波瑠の顔にはそのような影が、蛇が、貼りついていた。だからあのとき僕はぞっとして、思わず足を止めたのだった。

あれから二十年以上が過ぎて、僕は今、主を失った部屋の中で、主の表情を思い出しながら、人生の不条理と不思議を感じている。

推し量ることのできないこと。

理由も原因もわからないこと。

言葉では言い表せないこと。

道理に合わないこと。

それらを不条理と呼ぶなら、人生の不思議とは、できないこと、わからないこと、言い表せないこと、合わないことの隙間を埋め尽くすようにして、あるいは、縫い合わせるようにして、張り巡らされている必然の糸、そのものなのではないか。

細い糸をたぐりよせるようにして、僕は想像してみる。

あのとき千波瑠は、婚約者以外の男のことを考えていたのではないか。千波瑠の人生に遅れて現れた「あの男」のことを考えながら、あのとき千波瑠は僕に、これからしようと思っている婚約破棄のことを打ち明けたかったのではないか。もしかしたら僕に、止めて欲しかったのか。何を？　破棄を？　不倫を？

僕がその話を聞いていたら、千波瑠のその後の人生はほんの少しだけ、変わっていたのではないか。

そう思うことは傲慢だろうか、おそらく傲慢だろう。

もうやめよう、こんなことを思うのは。

千波瑠の過去を穿鑿《せんさく》して、いったいなんになるのか。

自分の思いを断ち切るようにして、立ち上がった。

部屋の片づけと選別のつづきにもどろう。やるべきことをやるのだ。過去でもなく、未来でもなく、おまえは今を生きろ。どこかの寺の坊さんがテレビに出て、わかったようなことを言っていたではないか。

窓辺に立って、小鳥のモビールに手をかけようとしたとき、テーブルの上の携帯電話がふるえて、メールが一通、着信した。

地球の反対側から届いた、ひとり娘の亜希からだった。

日本の時間は、今は夜中の十二時過ぎ。夜ふかしの得意な高校生にとっては、特に遅い時間ではない。


〈ハーイ、だよね、やっぱりNYだから。パパ元気？　こちら東京、全員つつがなし。おばあちゃんも光《ひかる》ちゃんも元気。って言わなくてもわかってる？　パパこそいろいろ気をつけてね。アブナイ事件に巻き込まれたりしませんように。じゃあまた〉


すばやく指を動かして「すべて了解」と返事を送り返す。素っ気ない返事を送り返すのは、亜希が思春期を迎えた頃からの、父娘の暗黙の了解事項になっている。長いメールを送ると「それだけで読みたくなくなるから、やめて」と言われて久しい。

友だちとの長話が終わったあとに、ついでに送ったと思われる短いメールを、僕は五度くらい読み返す。「おばあちゃんも光ちゃんも元気」と書いて寄越した娘に対して、素直に感謝する。「亜希くん、ありがとう」と、声に出してつぶやく。「亜希くん」と呼びなさいと、指示したのも娘だ。

亜希の協力と理解がなかったら、このニューヨーク行きは実現できなかった。

母はここ数年、持病の心臓病が悪化して、ガクンと階段を踏み外すように気力と体力を失ってしまった。加えて昨年、腰を痛めてしまって以来、何をするのにも時間がかかる。ひとりではできないことも増えた。まだ六十五なのに。

「ニューヨークへは、ひとりで行ってくれる？　十二時間以上も飛行機の中にじっと座っていられる自信がないの」

亜希は弱った母を助けて、家の中のことを本当によくやってくれている。いやな顔ひとつしないで、母と弟の面倒を見ている。

息子の光にもいくつか、ひとりの力ではできないことがある。

彼は小学五年生のとき、校内で中学生たちから受けたらしい集団暴力によって脳に怪我を負い、コミュニケーション能力を失ってしまった。来年、中学を卒業したら、特別支援学校に通うことになっている。言語生活においては、ぴたりと自分を閉ざしてはいるものの、絵を描いたり、彫刻や陶芸をしたりしているときには、水を得た魚のように全身に活力をみなぎらせて、瞳には生き生きした光を宿している。親としては「将来は、芸術家か職人に」と願うばかりだ。

亜希は、物言わぬ弟をたいそう可愛がっている。学校で何か問題らしきことが起こったときにも、彼女は僕よりもしっかりと彼を守る防波堤になってくれている。

亜希も光も、母親の愛を知らないまま大きくなった。

それは、僕の責任でもある。

麻雀と飲酒に明け暮れていた学生生活から足を洗って、就職した旅行会社で知り合い、恋愛結婚によって結ばれた人ではあったが、気がついたら僕は、妻を顧みない男に成り下がっていた。ありていに言えば、妻に関心を失ってしまった。取りもどそうとする努力もしなかった。

しかし子どもたちのことは、世の父親以上に大事にしてきたつもりだ。妻よりも、子どもだった。妻よりも、母だった。関連会社で働いていた妻は、僕以上に仕事に打ち込むようになり、結果的には、家庭内で孤立していった。母と僕と子どもたちの「あたたかい家庭」から、妻は弾き出されてしまったのだ。

妻が僕らに見切りをつけて去っていったのは、今から五年前——アメリカ同時多発テロ事件の起こった年の春、亜希は反抗的な中学生になり、光がまだおしゃべりで、活発で、クラスでいちばん明るい子だった小四のときだった。

胃潰瘍の手術を受けて入院した妻は退院後、母と僕たち三人の暮らす家へは、もどってこなかった。

「残り少ないかもしれない残りの人生を、悔いを残さないよう生きたい。今からでも遅くないと思うので、愛ある人と共に生きていきたい。許して欲しい。子どもたちが大きくなってからでいいので、ふたりが私に会いたいと言った場合には、会わせて欲しい」

と、僕には率直にそう語った。

彼女には病院から直接、帰っていきたい場所があり、そこには別の人が待っているのだということも、僕はすでに承知していた。

引き止めもしなければ、責めもしなかったし、無論、泣いてすがったりもしなかった。僕の愛情も、愛着も、とっくの昔に枯れ果てていた。

別れる前の数年間はただ「子どもたちのために我慢しよう」と、ふたりとも思っていたのだと思う。実際に「ふたりが高校を卒業するまでは、なんとかこのままで」と、互いに口に出して合意したこともあった。絵に描いたような、不毛な結婚生活だった。妻の病気がそれを早く終わらせてくれたということだ。ただ、離婚から一年半後、光の人格が変わってしまったときには「母親がいてくれたら」と思い、「なぜもっと我慢できなかったのか」と、自分を責めたりもしたものだったが。

唯一の救いだったのは、両親が別れてからの方が、亜希も光も幸せそうだったこと。もっと早く離婚すればよかったのかもしれないが、それは母が許さなかった。未婚の母として味わった苦労を、僕たちには味わわせたくなかったのだろうか。


空になったマグカップを手にして、僕はキッチンへ向かった。

キッチンといっても、壁で仕切られた部屋があるわけではない。キッチンスペースと言うべきだろうか。


三畳程度のスペースの、流し台の上には天井から、熱帯魚のモビールが吊るされている。窓辺には小鳥、バスルームには星と月、キッチンには熱帯魚。

そういえば、千波瑠は魚座だった。

「あたしはA型の魚座よ。十二の星座の中ではいちばん『女っぽい』と言われている星座なの。魚座はね、天使と悪魔の共存。常に相反するふたつの考えに支配されているの」

「矛盾してるってこと？」

「その通り。天使みたいににこにこ笑っていてもね、その陰で、悪魔がペロリと舌を出してるの。怖いでしょう？」

ふたたびあの日の「光と影」が心によみがえってくる。りんごで目にしたあの笑顔。あれは、天使だったのか、悪魔だったのか。

キッチンにはまったく日が当たらないので、昼間でも電気を点けなくてはならないほど薄暗い。流し台のそばには、調理台とガスレンジがあり、その上の壁にはオーブンになっている棚が、下には引き出しと扉付きの収納棚がある。

すべての扉をあけ放って、食器類や調理器具をごみ袋の中に放り込んでいく。バスルームでやったことと同じことをくり返す。何も考えず、何も感じず、見えていても見えないふりをして、黙々と機械的に。

千波瑠はここでどんな料理をしていたのか。誰かといっしょに食べることはあったのか。あの男とも食べたのか。この食器は、どんなときに使われたのか。

泉のように湧いてくる思いを処分していく。光も影もごみにする。

最初のうちは、食器と食器の当たる音が耳を突き刺すように響いていたが、次第に気にならなくなってくる。割れようが割れまいが、知ったことではない。どうせ、業者がトラックの荷台に放り投げたとき、全部、粉々に割れてしまうのだ。今ここで割れるか、あとで割れるか。それだけの違いじゃないか。

こうやって、人はなんにでも慣れていくものなのか。

まるで破壊ロボットになったかのように、フライパン、皿、ナイフとフォーク、陶製の湯のみ、箸置き、まな板、アルミホイルの買い置き、ポット、カップ、スプーン、木べら、菜箸、鍋、鍋つかみなどをつかんで、手当たり次第にごみ袋に入れていく。ガラスも金属も陶器もプラスティックもアルミも。

捨てられていくものにも、種類にも、捨てる順序にも、こだわってはならない。引っ越しじゃないんだ、処分なんだ。何もかもいっしょくたにして捨てることで、神経を摩耗させてやる。

食器類には重さがあるから、あっというまに、袋の重量が増す。

途中からは、ひとつの袋が重くなり過ぎないように、それだけに気を配りながら、入れ込んでいった。重いものの上には、軽いものを。軽いものの上から、重いものを。冷酷だなと思いながら、これは非人間的な作業だなと思いながら。

棚と引き出しが空っぽになったあと、がらんとした調理台のすみっこに、ぽつんとひとつ、花器が残っていた。

僕が残したんじゃない。

僕に残されたのでもない。

みずからの意志で残っている——そんな風に見えた。

小ぶりの陶製の花入れに、ドライフラワーが挿されている。花は薔薇だろうか。生きていたときには薔薇だったのかもしれない、植物の亡骸。

乾いて色褪せた花ごと捨てようとして、花器をぐいっと握ったとき「ああこれは」と、稲妻に打たれたように覚《さと》った。

これは花器じゃない。

取っ手の取れたマグカップだ。

側面にふたつ、まるで奥歯が抜かれたかのように見える、白っぽい痕跡。取っ手が外れたあとも捨てないで、千波瑠は花入れとして使っていたのだろう。

色は灰色で、訳のわからない紺色の模様が入っている。なんの変哲もない、ずんぐりした形。これとは比べものにならないほど繊細で美しい食器を、しかも無数、今しがた、ごみに変えてしまったばかりだ。こんなものを捨てるのは、造作ないはずだ。

握りしめたまま、思った。

ああこれは捨てられない。乾いた花は捨てられても。

捨てないで、日本へ送り返そう。千波瑠も捨てずに持っていてくれたのだ。日本からわざわざ持ってきて、十年以上もここで、使ってくれていた。取っ手は日本で取れたのか、それとも渡米後か。そんなことはどうでもいい。

このマグカップを創った男をよく知っている。

カップの縁に千波瑠が唇を押しつけている場面を想像しながら、いつか、ふっくらとして形の好いあの唇を奪ってやりたい、などと夢想しながら、土をひねっていた。高校の美術の時間に、尻の青いティーンエイジャーだった僕は。

＊

お手紙ありがとう。とてもうれしかった（冒頭にはいつも同じ言葉を書いてしまうけれど、今回も、とてもうれしかった）。

きのう、お昼休みにランチをとるために職場からアパートにもどったとき、玄関ホールの郵便受けの中に、あなたからのエアーメールが届いているのを発見して、胸が躍りました。階段を上がる前に、その場で立ったまま封を切って読みたくなる気持ちを、抑えるのに必死でした。すぐに読んでしまいたい気持ちと、すぐに読んでしまうと楽しみが減る、もったいない、という気持ちが、私の胸をちょうど半分ずつに分けているかのようでした。

でもやっぱりだめだった。立ったまますぐに読んでしまった。我慢できなかった。読んでいるときには、ゆっくり読まなきゃという気持ちと、とりあえず一刻も早く最後まで読みたいという気持ちが同時にこみあげてきて、苦しくてたまらなかった。もうこのあたりで、私の気持ちの説明はやめておきましょう。

あ、あなたからのリクエストを忘れないで、封を切る前には、封筒のあなたの名前にキスをしておいたよ。

今回はなんと便箋五枚。力作でした。褒めて差し上げましょう！

本当にとてもうれしかった（また書いてるね）。ありがとう。

ゆうべは、手紙を抱いて寝ました。真夜中に、無意識のうちにそうしたのか、朝起きたときには、手紙は枕の下にありましたけど。

あれからずっと、「手紙を書く」という約束を、あなたが守ってくれていることに感謝します。あなたから手紙が届くと、返事を書いて送るまでは、ちゃんと生きていようと思うし、生きていられる。あなたへのお返事を投函したあとは、あなたからの返事が届くまではちゃんと生きていようと思うし、生きていられる。つまり、手紙は私の命綱のようなもの。これを握りしめている限り、私は死なないでいられるのです。

思い葉、という言葉を知っていますか？

枝に茂って、互いに触れ合ったり、重なり合ったりしている葉っぱのありさまを、思いを寄せ合っている男女にたとえた言葉です。私たちを結びつけてくれている、海を越えて行き交うこの手紙は、あなたと私の「思い葉」なんだと思います。

新しい仕事も順調なようで、本当によかった。くれぐれも、無理はしないでね。どんなに小規模であっても、会社の経営者（大将だったね？）となれば、さまざまな苦労や気苦労もあることでしょう。社長になっても、相変わらず、待ち合わせの場所には十五分前に行ってるの？

あなたはこの手紙を会社で受け取って、自分のデスクの前で読んでいるの？　窓の外にはどんな景色が広がっていますか？　空は晴れていますか？　何色ですか？　どんな雲が浮かんでいるの？　その同じ空のもとに、私はいます。私が見上げているのは夜空だけれど。

そうそう、前の手紙に書いてくれていた「相手のミスを自分のビジネスの成功に活かせ」というアドバイスには、目から鱗が落ちました。日本の出版社から翻訳の下訳の仕事を頼まれていて、少しずつ進めている、という話は前にも書きましたが、その仕事のパートナーが、よくミスをするの。人の名前を間違えたり、数字を間違えたり。私の名前の表記もずっと間違えられていたの。最初は遠慮して、指摘しなかったんだけど、このままではいけないと思って、あるとき思い切って指摘したところ、それまでの高飛車だった態度が少しだけ変わったような気がしたの。これもまた、相手のミスを有利に活かせたってことでしょうか？

さて、きょうは美容室の定休日なので、セントラルパークまで散歩に出かけてきました。スニーカーにジーンズ、半袖のTシャツにストローハットにサングラス、という休日の定番ファッションで。

ニューヨークの八月は、日本の夏と違って湿気が少ないせいか、陽射しは強いのに、とてもさわやかで気持ちがいいの。去年の夏は、引っ越してきたばかりで、夏を楽しむ心の余裕もなかったけれど、今年は思う存分、夏を謳歌しています。

パークの芝生の上では、ニューヨーカーたちが思い思いのスタイルで、寝っ転がったり、裸になって日光浴をしたり。噴水の水をかけあっている水着姿の子どもたちもいます。子どもたちのまわりで、犬たちが走り回っています。ギターをかき鳴らして、ジョン・レノンの『イマジン』を歌っている人も。レノンが射殺される直前まで暮らしていたビルディングが、目と鼻の先に見えています。

私もニューヨーカーの真似をして、芝生の上にバスタオルを敷き、そこで本を読んだり、音楽を聴いたり、サンドイッチを食べたり。ときどき、どこからともなく聞こえてくる小鳥の声や蟬の声に耳を傾けたり。読書に飽きたら園内をぶらぶらして、屋台のお店を冷やかしたり、大道芸人のパフォーマンスに見とれたり。

路上ライヴを聴いているとき、あなたと交わした会話を思い出しました。四条河原町の路上にしゃがみ込んで、ギターを抱えて歌っていた若い女の子の歌（松山千春の『恋』だったね）を立ち止まってしばし聴いたあと、あなたは言った。「うまいよね、もしかしたら本物以上かも？」と言った私に対して。

「うまいけど、コピーは所詮コピーやな。うまいと感じるのは、オリジナルを歌っている歌手のうまさを客が連想するからや。オリジナルを聴いて感動したときの記憶がよみがえってくるからや。あの子に必要なのは、あの子のオリジナル曲や。コピーでは大成はできへん」

あのとき私はあなたの発言に、当時、書き散らしていた自分の小説を重ね合わせていました。私も田辺聖子の作品の真似みたいなものばかり書いていたから。

閑話休題（と、あなたの真似をして）。

それから、公園のかたすみに取り残されている野原に立ち寄って、生え放題に生えている野草を少しだけ摘んで、花束にして、持ち帰りました。花泥棒。でも泥棒をしている人は、いつもほかにもいるの。これってニューヨークスタイル？

今、この手紙を書いているテーブルの上に、野の花を飾っています。クイーン・アンズ・レースという名の大ぶりで華麗な花と、チコリという名の涼しげなブルーの花と、あとは名前のわからない、たぶん豆科の黄色い花を、あなたの気に入っていたあの花器に入れて。

覚えていますか？　あなたは、あの傑作な花入れのことを。正確に言うと、もとはマグカップだったのに、花入れになったあの器。そう、私の姉のひとり息子の夏彦が焼いて、私にプレゼントしてくれたマグカップ。

「ほう、なかなか乙な作品やな、これは」

「おかしいでしょ。こんなものを私にくれるなんて」

「信楽焼《しがらき》なんやろか？」

「さあ、わからない。そんなりっぱなものじゃないと思う」

あの頃、私の住んでいた、川のそばのマンションを訪ねてきたとき、あなたは、夏彦の焼いたマグカップをいたく気に入って、

「これからはこれを俺専用のカップにする」

と言い、愛用してくれるようになったのでした。けれども、使い始めてほどなく、下手な素人陶芸だったせいか、取っ手がぽろりと取れてしまったのです。接着剤で付け直しても、またすぐに取れてしまいます。

「しゃあないな、ほんなら湯のみにするか」

しばらくのあいだは、お湯のみとして使っていましたが、あるとき私が、余った切り花の花の部分だけを、茎を短く切り揃えて生けてみたところ、びっくりするくらい映えたのです。

「へえっ」って、ふたりで感心したり、笑ったりしたよね。

「まるで、僕はもとから花瓶になる運命でした、と言わんばかりやないか」

あなたが気に入って、あなたの愛していた花器だったから、アメリカまで送る荷物に加えて、ここまで持ってきました。以来ずっと愛用しています。この花器は私にとって、特別な意味を持ったものなのです。

この花器にまつわる思い出話をひとつ、披露しましょう。あなたの知らなかったことを書きましょう。今だから明かせる私の秘密。秘密の花園。

あなたに出会ったとき、あなたも知っての通り、私には婚約者がいました。田中社長の紹介で結婚話がまとまった人です。婚約までの経緯、背景事情（社長が彼の母親から強く頼まれて、断り切れず、私に白羽の矢が立ったことなど）、すべて、あなたに話した通りでした。そして、あなたに出会ったせいで、私は婚約を破棄したわけです。

婚約を解消して欲しいと、彼に願い出た直後に、ご存じの通り、彼の母親が九州から京都へすっ飛んできました。もちろん私に破棄を思いとどまるよう、説得するためです。「年老いた母をこれ以上、悲しませないでくれ」と、事前にかかってきた電話で泣きつかれました。彼の母親としては、息子を一刻も早く、女性と結婚させたかったのでしょう。今にして思えば、ひどい話です。ううん、私じゃなくて、彼がかわいそう、ということ。私は今でもあの彼のことを、恨んだり、憎んだりはちっともしていません。優しくて、穏やかで、とってもいい人だったの。こんな人といっしょに暮らしたら、一生、凪いだ海のそばで、安心な気持ちで日々を過ごせるだろうなって思えるような人（あなたとは正反対ね！）だったから。ただ、引き合わされたときには、彼に男の恋人がいるなんて、知りようもなかったわけだけれども。

ここからは、あなたには話していないこと。

彼の母親に呼び出されるような格好で、私は、京都駅の八条口にあったホテルのティールームへ向かおうとしていました。そこで母親と話し合いをすることになっていた、その日の午後、東京から、姉がやってきてくれたのです。頼んだわけじゃないのに、自主的に来てくれたの。前の晩、電話で私から話を聞かされた姉は、そのときには「行く」ともなんとも言わなかったんだけれど。

京都駅で落ち合ったとき、彼女は言ってくれました。「話し合いの場へ、千波瑠は行かなくていい。そんな人と対面したら、ハルちゃんが言い負かされるだけ。不利になるだけ。私ひとりで行って、話をまとめてくるから」と。姉はもともとこの婚約には懐疑的だったの。私が衝動的にしでかしたこと、みたいに思っていたんじゃないかな。結婚適齢期の二十五を過ぎて、焦った私の引き起こした、とんでもない失態なんだろうって。もちろん姉は、私の方にあなたという存在がいることなど、露ほども知らなかった。姉は話をうまくまとめてくれました。穏便に、この婚約をなかったことにしてくれたのです。一件落着。あなたの存在があろうとなかろうと、私は彼と、彼は私と、結婚するべきではなかったわけだから。

姉には今でも頭が上がりません。感謝しています。気難しいタイプで、あんまり気が合わなくて、私にとっては常に煙たい人だったけれど、きっと私のことを人一倍、心配してくれていたんだと思います。

その晩、姉は私のアパートに泊まりました。狭い部屋いっぱいにお布団を並べて敷いて、寝る直前になって「ああ、忘れるところだった」と言って、旅行鞄の中から、新聞紙でくるんだマグカップを取り出したのです。

「夏彦が焼いたの。ハルちゃんにプレゼントしたいんだって。あの子から頼まれて、持ってきたのよ」

そのあとにひと呼吸があって、こんな言葉がつづきました。

「知ってた？　あの子はね、小さい頃からずっと、あなたのことが好きなのよ。もちろん、許されないことだって、わかってるんでしょうけど。ハルちゃんが幸せになってくれなかったら、あの子も幸せになれない。これからはもっと、地に足の着いた生き方をしてね」

最後のひとことが、彼女のいちばん言いたかったことなのでしょう。

「嘘、ほんとなの？　なっくんがそう言ったの？」

「言わなくてもわかるわよ。ハルちゃんが鈍感なだけ。あなたの婚約を知ってからは、拒食症みたいなことになっていたのよ」

部屋の天井が、お布団の上に落ちてきたのかと思うくらい（大げさかしら？）びっくりしました。姉は多くを語らない人。人をあっと驚かせるようなことを言っておきながら「じゃ、おやすみ」と素っ気なく言うと、くるりと私に背中を向けて、黙ってしまった。私もそれ以上、何も言えなくなって、眠れないまま悶々と浅い眠りの迷路をさまよったあと、翌朝は、何事もなかったかのように、コーヒーとトーストとオムレット（姉が焼いてくれた）の朝ごはんを食べ、京都駅のプラットホームまで見送りに行って、そこで別れました。姉のうしろ姿を見送っていたとき、彼女の穿いているパンティストッキングに伝線が一本、走っているのを目にして、なぜか涙が出そうになりました。心配かけちゃったなぁ、ごめんねって。

これが、この花器に潜んでいる、小さな秘密です。

夏彦とは、姉弟みたいに仲良くしてきたし、姉からそう聞かされたあとも、私はそれまで通り仲良く、弟のように彼を可愛がってきたつもりです。とにかく、夏彦を傷つけるようなことがあってはならないと、言動に注意を払いながら。あなたとつきあうようになってからも、頭のかたすみにはいつも「夏彦がこのことを知ったらどう思うだろう」と、考えている私がいました。正直に告白すれば、あなたに抱かれているときにも、夏彦のことを思っていたりすることがあった。だから、あなたがあのマグカップを、取っ手が取れてしまったあとも愛してくれたことが私にはうれしく、何か特別なことのように思えてならなかったのです。

余談だけど、夏彦ってね、姉が「女の子が欲しくてたまらなかったのに、出てきたのは男だった」という子なの。自分が冬子で、この子は夏に生まれてくる子だから「夏子」って名前にしようって決めてたらしい。いつか、あなたにも会わせたいと思っているけれど、そんな機会はやってくるかしら。可愛かった甥っ子は今は大人になって、愛する人と巡り合って、幸せな恋愛と結婚をして、子どもも授かって、幸せな家庭を築いているようです。本当によかったなぁって、心からそう思う。神様に感謝したくなります。

この歳になってきて初めて、しみじみとわかるようになったこと。

それは、人の一生とは、まるで蜘蛛の巣のように、細い糸と糸で丹念に編まれたものであるということ。美しいけれど、壊れやすい。獲物が引っかかれば穴もあくし、修繕してもまた破れてしまう。それでも人は、死ぬまでせっせと編みつづけるのでしょう。私がここでひとり、きのうもきょうも、編みつづけているように。あなたが日本で編みつづけているように。

感傷的になってきたところで、そろそろ出かける時間が近づいてきました。

今夜は、近くのカクテルバーで、夜のアルバイトをする日です。英語の勉強にもなるし、チップでかなりのお金が稼げるの。夜の仕事と言っても、日本のイメージとはずいぶん違うから、心配しないでね。ホステスさんみたいに化粧をするわけじゃないし、ドレスを着るわけじゃないし、ごく普通の格好（ジーンズとTシャツとスニーカー）で、お酒をテーブルに運んでいくだけの仕事です。

もうじき、あなたに会えますね。

夢のようです。でも夢は確実に、現実に変わるのです。あなたを連れてきてくれる九月が待ち遠しい。

あなたがこの街を訪ねてきてくれた日には、カクテルバー「ジャングルバード」へもご案内します。仕事仲間にも会ってね。いっしょにお酒を飲みましょう。禁酒法時代にできたというバーだから、入り口は普通のコーヒーショップになっていて、奥のドアをあけて階段を降りると、そこにバーが広がっている、という歴史的なバーなの。あなたはきっと、気に入ると思う。秘密の隠れ家みたいな場所だから。ここで、あなたにおごりたいカクテルがあります。「No other love」という名前のお酒。ローズウォーター、ジン、ライム、あとはなんだったかな、ミントだったかしら、上品で神秘的な味のカクテルです。同じタイトルの歌を、アメリカの女性シンガーが歌っています。あなたは知っているかしら？　ショパンの『別れの曲』をジャズ風に歌っている美しい曲。

愛のほかには、何もない——。

あなたがこの街へ来てくれるとわかった日から、街は今までとは装いを変えたような気がします。まるで霧が晴れたように、薄皮がめくれたように、何もかもが色あざやかで、何もかもが輝いている。通りを歩いていても、店で仕事をしていても、あなたの視線、あなたの感覚で、見たり聞いたり触れたりしている私がいる。ああ、こういう風景を、このような場面を、あなたが目にしたら、あなたはどう思い、何を感じ、なんて言うのだろうって。

いろんなところへいっしょに行きましょう。ジャズも聴きに行きましょう。野球の観戦にも、美術館めぐりにも。自由の女神も見に行きましょう。私はあなたに二十四時間くっついて、離れませんから、窒息を覚悟してやってきて下さい。部屋のベッドもすごく狭いから、抱き合ったままじゃないと眠れないのよ。商談の通訳もお任せ下さい。ただし、通訳のギャラは高くつくわよ。

毎回そうだけれど、今回も、この手紙を遺書だと思って、書きました。これが遺書になってもいいように、私の死後、誰の目に触れても恥ずかしくないように。あなたはこの手紙を形見にしてくれますか？

大好きなあなたへ――I was blessed with love to love you.

あなた一人のルーより

4　白いピエロ

ふいに、形見、という言葉が浮かんできた。

この部屋全体が千波瑠の遺書なのだとすれば、僕はここから、形見の品を持って帰らなくてはならない。部屋に残されたものを処分するために、来たんじゃない。千波瑠の形見を持ち帰るために来たんだ。言い聞かせるようにそう思ってから、気づいた。今の今まで、自分が「形見」という言葉の存在を忘れていたことに。それはそのまま、千波瑠が僕を残して逝ってしまったことを、心のどこかでまだ、信じ切れていなかった証拠のようでもあった。

数少ないアクセサリーの中から、娘の亜希にはカナリアを象《かたど》ったブローチを、母にはパールのネックレスを、形見として持ち帰ることにした。息子の光に「形見」の意味がわかるかどうか、わかったとしてもこれが誰の形見なのか、理解してもらえる自信はなかったが、ベッドサイドでちゃんと動いていた小さな目覚まし時計を、旅行鞄の内ポケットに収めた。「世界時計」というのだろうか、円盤には複数の数字がデザインされていて、ニューヨークの午後十二時は、東京やパリの何時なのかがわかるようになっている。息子は幼い頃からなぜか時計に深い関心があって、机の引き出しの奥に大小さまざまな時計を、壊れたものや電池切れのものを含めて、大切に仕舞い込んでいる。かたつむりの形をしたこの時計が、彼のコレクションのひとつになってくれたらいい。

僕には何を？

問いかけて、左手を額に当てたまま、僕はうなだれた。微熱があるような気がする。昼夜が逆転している時差のせいか、軽い頭痛もある。

形見はすでに、日本へ送り返す箱いっぱいに詰めたじゃないか。千波瑠の手書きの文字が読めるぶあついノート。千波瑠の書き込みの入った本。取っ手の取れたマグカップ。原稿の束。読書用の眼鏡。愛用していたと思われる辞書三冊。万年筆。マフラーと手袋。猫の置物。そのほかにも、細々したものをいくつか。

額から手を離して、腰かけていたベッドの端から立ち上がる。

大切な形見は、僕が今しがた、処分してしまったものの中にこそあるのではないか。ドアの近くにまとめて置いてある黒いごみ袋と、衣服類を詰めた白いごみ袋と、本でいっぱいになっている箱に目をやりながら、湿った息を吐く。

一刻も早く終えてしまいたいと思って始めた作業だったのに、いざ終わってしまうと、あまりにもあっけなくて、こんなに早く終えてしまってよかったのか、と、自分を責めたいような気持ちになっている。もっと迷ったり、悩んだり、ためらったりするべきだったのではないか。もっと時間をかけて、ひとつひとつの物に思いを馳せたり、注意を払ったりするべきだったのではないか。自分はあまりにも冷淡すぎたのではないか。

蓋があいたままになっている、形見の箱を持ち上げて、下ろす。

箱は一個だけだ。一個でいいのか。一個の軽さにも、疑問が湧いてくる。こんなに軽くていいのか。アメリカから日本へ連れて帰る千波瑠の「ここで生きた証《あかし》」が、この程度の軽さであっていいのか。

老いた母親を背負ってその軽さに涙したのは石川啄木だったが、僕は千波瑠に、許しを乞おうとした。

ハルちゃん、ごめんな。

何もしてあげられなくて、ごめん。

何も訊いてあげられなくて、ごめん。

持ち主が、どうしたいのか、どうして欲しかったのか、わからないままに片っぱしからごみにしてしまった物たちの存在感——それらはこの部屋に、層のようになって沈殿している——に胸が締めつけられている。

しかし、ほかに、どうすることができるだろう。

送り返す物を増やしたからといって、何がどうなる？　それ以前に、ここから送り返したり、持ち帰ったりした物を、僕が持ちつづけていることに、どれほどの意味があるというのか。第一、千波瑠がそのことを望んでいるのかどうか。千波瑠は誰に、何を持っておいて欲しいと望んでいたのか。

いい加減にしろ。さっきから、幾度となくくり返している命令を下して、段ボール箱のわずかな隙間に、ハンカチやスカーフ、そのへんに転がっていた小物類を押し込んでから、荷造りテープで封をした。

引き取り業者が来るまで、あと一時間あまり。

腹はそれほど空いていなかったが、何か食べておいた方がいいだろう。外の空気を吸いたいとも思った。ついでに郵便局から、この箱を発送してしまおう。

形見の箱を胸に抱えて、階段を降りていった。

四階から一階まで。亡き人の骨壺を抱えて歩いていく人の気分とは、このようなものだろうか、などと思いながら。

千波瑠が長きにわたって昇り降りしていた階段は、焦げ茶色の絨毯敷きで、ところどころに黒い染みが付いている。三階の手すりが少しぐらついていて、二階の踊り場では、床がぎしぎし鳴った。千波瑠も毎日、この音を聞いていたのかと思うと、思わず箱を放り出して泣きたくなった。その場にしゃがみ込んで、子どものように。

馬鹿野郎、と思った。千波瑠がどこかで笑っているようにも思えた。

――なっくんたら、しっかりしなさいよ。いい年をして、往生際が悪いじゃないの。

郵便局で発送を済ませてから、近くにあるカフェに入った。

小ぶりなホテルの一階にオーガニックのグロッサリーストアがあって、店内にはデリがあり、デリの一角がそのままカフェになっている。デリでツナサラダサンドを注文し、サラダバーから野菜料理や豆料理を適当に取って、アイスティを飲みながら、ランチを食べた。食べながら、壁に飾られている一連の絵を眺めた。正確にはそれらは絵ではなく、額に入った大判のポストカードだったが。

美術には明るくない僕にも、すぐにわかった。二十世紀のアメリカを代表する画家、エドワード・ホッパーの作品だ。彼はニューヨーク州で生まれ、六〇年代後半に亡くなる直前まで、この街、マンハッタンに住んでいた。大胆な明暗、シンプルな構図、独特な憂いを帯びた色使い、強い輪郭で描かれているのはどれも、アメリカの都会や田舎のありふれた風景だ。少なくともアメリカ人にとっては、見慣れた風景だろう。街角、事務所、劇場、ガソリンスタンド、頑丈な造りの家屋、海辺の部屋。風景の中に、人物が描き込まれているものもある。

モーテルと思しき一室に、右手に火の点いた煙草を持ち、全裸のまま立っているひとりの女。ベッドのそばには、黒いパンプスが脱ぎ捨てられている。窓の外には、これ以上、単純な風景はほかにない、と言ってもいいような空と山。どこかで見たことのある絵だと思った。

その隣の絵には、街角のバーのカウンターと、ひと組の男女と、ひとりの男と、制服を着たバーテンダーが描かれている。四人の人物がいるのになぜか、会話が聞こえてこない。通りも空気も静まり返っている。これも、これまでにどこかで、目にしたことのある絵だった。おそらく画集か、展覧会か、美術関係の書物の中などで。

あの全裸の女の絵のタイトルは『ア・ウーマン・イン・ザ・サン』だったという記憶がある。ということは、あれは朝の風景なのか。西陽のように見えるのは、朝陽なのか。

そこまで思ったとき、僕の目は一枚の絵に釘づけになった。

その絵だけが、ほかの絵とは違った顔つきをしている。そのように見えた。単なる思い込みかもしれないが、描かれている人たちも、アメリカ人ではないように見える。だがそれらは、目が離せなくなった理由ではなかった。

海のそばのオープンレストランのような店で、飲食をしている数人の男女。その中央に描かれている、白い衣装を着たピエロ。そのピエロが僕の目を捕らえて、離そうとしない。

あれは？

あれは誰だ？

あいつは何者だ？

白いピエロは、まっ赤に塗られた唇に煙草をはさんで、ふたりの男と同じテーブルを囲んでいる。男たちはふたりで話し込んでいる。ふたりの男にはまるで、ピエロなど見えていないようではないか。もしかしたら、絵に描かれている六人の人物全員に、ピエロの姿は、見えてはいないのではないか。

こいつは何者だ？

気がついたら僕は、アイスティのストローを強く嚙んでいた。

嚙みながら思った。この白いピエロは、死神なのではないか。夜の酒を楽しんでいる人々に交じって、死神は煙草をくわえて値踏みをしている。次は、どいつのもとを訪問してやろうかと。

「飲み物のおかわりはいかが？」

通りかかった店員の朗らかな声に、現実に引きもどされた。

「いえ、けっこうです」

と答えて、椅子から立ち上がった。

使ったグラスと食器を決められた場所に返しに行きながら、背中に、白いピエロの視線を感じていた。ふり返ったときには絵の中から、ピエロはいなくなっているのではないか。あれは、僕の目だけに見えた死神だった？

現実の世界では、そんなことは起こらない。絵は絵だ。ホッパーはピエロを描き込んだ。ふり返ると、ピエロは、そこにいた。

僕は苦笑いした。狭い部屋の中でがむしゃらにつづけた、千波瑠の過去を処分するという作業によって、神経がすり減っているんだと思った。あれは死神なんかじゃない。その日の仕事を終えたピエロの男が、あるいは、これから仕事に出かける男があそこで、酒を飲んでくつろいでいるだけなんだ。

それからゆっくりと、正しい理由がやってきた。ピエロが僕を捕らえて離さなかった、正しい理由だ。僕はこの白いピエロについさっき、出会っていた。千波瑠の整理簞笥に残されていたカードの束の中に、この絵があった。それをごみとして、捨てたばかりだった。裏には何も書かれていなかったから、まだ使われていないカードだったから、だから捨てることにした。ほかの未使用の文房具類といっしょにして。

その行為は、間違っていた。

千波瑠はいつ、どこで、あの白いピエロを見たのだろう。おそらく美術館だろう。ホッパーの絵を収蔵している美術館は、マンハッタンには少なからずあるはずだ。ホイットニーかモマか、いずれかの美術館で、千波瑠はこの絵に目を留め心を惹かれて、ポストカードを買った。自分のためなのか、あとで使うためなのか、わからないが、買って引き出しの中に仕舞っておいた。

たったそれだけの事実が、深い意味を持って、迫ってくるようだった。千波瑠が僕に、何かを語りかけようとしている。そんな気がしてならない。

――なっくん、捨てないで。あのカードはね、とても大切なものなの。だから連れて帰って、お願い。日本へ持って帰って。

愛した人の声が、今にも耳もとに聞こえてきそうだった。

部屋にもどったら、ごみ袋の中から、白いピエロを取り出さねばならない。連れて帰ろうと思った。たった一枚のカードであっても、形見は形見だ。

店からストリートに出ると、深呼吸をひとつして、空を見上げた。

朝方にはマリンブルー一色だった空に、すじ雲が何本か、走っている。飛行機の創り出した雲なのだろう。いくつかの線が交差して、ぼやけて滲んで、あたかも天上に描かれた抽象画のように見える。

腕時計を見ると、十二時半だった。まだ時間がある。少し歩こう。

アパートの前を行き過ぎると、足は自然にハドソン川の方へ向かってゆく。川から吹いてくる風に誘《いざな》われているかのように。

東京の町にはあって、ニューヨークの街にはないものがあると思った。それは人工的な音だ。エレベーターミュージックとか、店の宣伝アナウンスメントとか、のべつ幕なしに垂れ流されている意味のない注意とか警告とか。

ニューヨークの街角にあるのは、車の騒音のほかには、人の話し声と笑い声と鳥のさえずり。風の音。風に葉っぱが鳴る音。犬の鳴き声。子どもたちの声。自然な騒音。そこがいい。たとえパトカーや消防自動車のサイレンが鳴り響いたとしても、鳴り止まないBGMよりはいいじゃないか。

九番街から十番街へ向かって、歩きながら僕は、千波瑠と最後に東京の町を歩いた日のことを懸命に思い出そうとする。かつて千波瑠が歩いたかもしれないストリートをひとりで歩きながら、彼女とふたりで歩いている過去の道を、歩き始めようとする。人は現在を生きられない。一瞬、一瞬が過去なのだ。現在に流れ込んでくる過去の力に、僕は進んで押し流されようとする。

あれは、千波瑠がアメリカに行ってしまう年の五月の出来事だったから、千波瑠は三十六で、僕は二十七。ということは、亜希は四つで、光はまだ赤ん坊。世田谷にある家の中が、子どもたちの泣き声と叫び声でぐちゃぐちゃだった頃だ。

妻は出産・育児休暇を取って家にいたが、僕の母との折り合いが悪く、愚痴以外の会話を交わした記憶がない。

僕は課長に抜擢されて忙しく、土日もほとんど休まず働いていた。海外出張も多かった。行き先は主に、東南アジアとヨーロッパ。学生時代に貧乏旅行をした国々に、仕事で出かけるようになっていた。

千波瑠はその頃、秘書の仕事は辞め、京都市内にある学習塾の講師をしながら小説を書いていた。たぶん、書いていたんだと思う。小説の売り込みに来たの、と、言っていた日もあったから。学習塾のほかにも、広告会社で営業事務か何かをしていたようだったが、詳しいことは知らされていなかった。

ただ、時折、急に上京してくることがあって、そんなとき、母には何も連絡が行かないのに、僕の会社には電話がかかってきた。

「なっくん、あたし、今、東京なの。会える時間ある?」

誰かといっしょなのか、ひとりなのか、何も教えてくれなかったが、たいていは一泊、泊まりがけで来ていることが多かった。

「なんで、うちに帰ってこないの？　子どもが走り回っているからうるさいけど、ハルちゃんが寝られるスペースくらいはあるよ」

かつて千波瑠が使っていた部屋は、今は子どもたちの部屋になっている。「あたしがあの家で暮らすことはもうないと思うから、ぜひそうして」と、あるとき千波瑠が言ってくれたから、そうした。

「遠慮しないで、帰っておいでよ」

千波瑠はくしゃっとした笑顔になって、

「泊まるところはあるの。ま、あたしも女ですから」

そう答えたのは「彼氏がいて、当然でしょ？」という意味だったのだろうか。そういえば、友だちと鎌倉旅行に来ているの、と、言っていた日もあった。そのときには互いの都合が合わなくて、会うことはできなかったが。

五月のあの日も「突然だけど、なっくん、時間ある？」と、千波瑠は朝一番に会社に電話をかけてきた。

「あるよ。どこで会う？　何時にする？」

どんなに忙しくても、たとえ先約があっても、僕はなんとか時間をやりくりし、会社を抜け出して、千波瑠に会いに行った。

なんとしてでも、会いたかったのだ、僕は。

地球の反対側で、川風に吹かれながら、僕はささやく。この世からあの世に向かって、メッセージを送る。

ハルちゃんに、会いたかったんだよ。

会社では、油の足りない歯車のようにギシギシ軋みながら働き、家に帰れば、赤ん坊のおむつや溜まっていくばかりの汚れ物や乾かない洗濯物や、女たちのいがみ合いが待っている日常の中で、美しい叔母であり、初恋の人でもある千波瑠と過ごす時間は、僕にとってはまるで、現実に紛れ込んでくるファンタジーのようだった。

「なっくんのお昼休みでいいよ。大手町まで出ていくから」

僕の職場は大手町にあった。

「どこに泊まってるの？」

「今回は、上野」

そう言った千波瑠に対して、僕はすかさず答えた。

「じゃあ、谷中に行こうよ。前から行きたがってただろ。谷中霊園と谷中銀座。案内してやるよ。その前に飯も食おう」

「え？　いいの？」

「うん、俺、けっこうサービス残業してるからさ、二時間くらいの昼休みは許される」

待ち合わせの根津駅の地上出口に、千波瑠は、水色のワンピースにオフホワイトのレースのカーディガンという姿で現れた。僕の姿を見つけると、小さく右手を挙げて合図をした。

その仕草が、今もまぶたの裏に焼きついている。

再現しながら、僕はつぶやく。

遠いところに行ってしまった千波瑠を責める。

ずるいよ、ハルちゃん。あの日、僕に会いに来てくれたのは「さようなら」を言うためだったんだろ。まんまと騙されてしまったよ。

千波瑠はあの日、翌月にはアメリカに行くと決めていたはずなのに、僕には何も話してくれなかった。根津駅の近くで蕎麦を食べたあと、谷中銀座を通り抜けて、霊園に向かって歩いていきながら、僕は会社のことや子どもたちのことや、あんまりうまく行っていない結婚生活などについて話し、千波瑠は終始、聞き役に回っていた。

「ごめん。俺、さっきから不平不満ばかり漏らしてるな。こんな話、するつもりじゃなかったんだけど」

「謝らなくていいよ。それはね、なっくんが幸せな証拠だよ。織江さんも育児に一段落がついたら、きっとまたもとの優しい性格を取りもどせるよ」

「そうなるといいんだけど」

そこで会話が途切れたのは、墓石の陰から一匹の猫が出てきたからだった。

しゃがんで、ふたりで代わる代わる猫を撫でた。猫は僕よりも千波瑠が気に入ったようで、彼女の差し出した握りこぶしに、さかんに自分の頬を擦《こす》りつけていた。

「可愛いね、女の子だね、きっと。名前を付けるとしたら、ミニヨンちゃん、かな」

「どうして、ミニヨンちゃんなの？」

「どうしても、ミニヨンちゃんなの」

猫が去っていったあと、僕は深い考えもなくこう言った。それまで話していた話題が僕の結婚について、だったから、これが話の接ぎ穂になる、とでも思ったのだろうか。

「ハルちゃんは、結婚しないの？」

その昔、結婚なんてしないで、自由にひとりで生きる、と、威勢良く宣言していた千波瑠を、僕はあのときなつかしく思い出していた。

千波瑠は小石を蹴るような口調で言った。つまり、僕の質問を蹴飛ばすようにして。

「しないんじゃなくて、できないの。どうしても」

「えっ？」

思わず、千波瑠の横顔に強い視線を当ててしまった。千波瑠はまっすぐに前を向いていた。化粧っ気のない顔だったが、透き通った肌も、長い睫毛も、茶色がかった瞳も美しく、僕が十代の頃、あこがれた人のままだった。

「いい人、いないの？」

つまらない質問をするなよ、お節介な親戚みたいな、と思いながらも、そんなことを言ってしまった。

「いるよ」

と、千波瑠は答えた。道端に落ちている、ぼたんを拾うようにして。

「いるけど、結婚はできない」

なんでだ、まさか相手に家庭があるとか、そういうことか？

思ってはいたが、口にはしなかった。

「だって、あたしは、書くことと結婚したんだもん」

そう言って、僕の方を向いたとき、千波瑠の顔は晴れ晴れとしていた。ふっ切れたような、みずから、何かにつながっていた糸を切ったようなさっぱりした面持ち。

だから僕は千波瑠の言葉を信じた。全面的に。そのときには、千波瑠のこんな言葉を思い出していた。これも、若かりし頃に聞いた発言だ。「だって、好きなことといったら、これしかないんだもの。書くことに、取り憑かれてるの。あたしが取り憑かれているんじゃなくて、書くことがあたしに、取り憑いているのかなぁ」そのあとに「あのね、なっくん、いいこと教えてあげようか」――

遠目に、ハドソン川が見えてきた。川と空の出会う場所だ。

十番街を行き過ぎると、目の前には、大量の車が双方向から湧き出てくるように行き交う幹線道路が横たわっていた。ページがめくれて、街の姿がそこから大きく変わろうとしているのがわかる。

ここで引き返そうと思った。

体の向きを変えた瞬間、「あのね、なっくん、いいこと教えてあげようか」のつづきに、背中を押されたような気がした。

僕の背中が、千波瑠の声を聞いたのだ。

千波瑠は言った。左京区にあったアパートで、深夜、机に向かって何かを書きながら、十代だった僕に向かって。

「しぶとく願いつづけていれば、望みというのは叶うのよ」

望みは叶うと千波瑠は言った。

そうだ、それが千波瑠の「いいこと」だった。

これが形見なんだと思った。これが白いピエロなんだ。

僕は天を仰いだ。千波瑠の望みは、叶ったのだろうか。

叶ったのだとしても、叶わなかったのだとしても。

ハルちゃん、僕は連れて帰るよ。ハルちゃんの過去を丸ごと。僕の知っていることも、知らないことも含めて。

千波瑠の存在のすべてが、僕の形見なんだと思った。

あるいはこうも言えるだろうか。

僕自身が形見なのだ。千波瑠のいなくなった世界で、僕だけがこうしてのうのうと生きていることが、滑稽なまでの形見なのだと。

九番街までもどってきたとき、路肩に倒れている並木の処理作業の現場にぶつかった。オレンジ色の作業服に身を包んだ若い男がふたり、棟梁と思しき年配の男に指図されながら、鉈《なた》で枝を払っている。さっきは反対側を通っていたから、気にも留めていなかった。

水が足りなくて枯れたのか。寿命が尽きたのか。それともみずから、生きることをやめたのか。まわりの樹木には花やつぼみを付けたものが多いのに。

青い葉をわずかに枝に残したまま死んで、汚れたアスファルトの路上を引きずられていく倒木を眺めながら、ぼんやりと思った。

ハルちゃんは、この木が生きて立っていたときの姿を記憶しているだろうか。

＊

あなたをケネディ空港まで送り届けて、部屋にもどってきたところです。正確に言うと、部屋にもどってきて、ベッドに倒れ込んで突っ伏して、三十分くらいわあわあ泣いたあと。ああ、これじゃあ、日本にいた頃となんにも変わっていないね。変わっていないだけじゃなくて、もっとひどくなっているだけかもしれない。かつて山科ハイツであなたを待ち、あなたを迎え入れ、あなたと過ごし、そして夜更けか早朝にあなたを見送ったあとも、こんな風に私は、倒木みたいにベッドに身を投げ出して号泣していたものだったけれど、あの頃は、あの十年間は、翌日か翌々日かにはまた、あなたに会えたのでした。あなたは必ず、私のもとへもどってきてくれたのだから。「会いたかった」と言って。

「会いとうて、会いとうて、死にそうやった」

だけど今は、次にいつ会えるのかわからない。

もしかしたらもう、会えないのかもしれない？

でもこれが、私の選んだ道。これが私の選んだ、聖なる戦い。そう、ホーリー・ウォー。ごみ捨て場に植えられている西洋ひいらぎ《ホーリー》。誰からも見向きもされず、愛でられもせず、ごみ同様に無視されながらも一年中、青々とした葉を茂らせ、冬には雪に映える美しい赤い実を結ぶ。なんて気高い、孤高の戦い。笑いたければ笑え。一生にひとり、たったひとりの人を愛し抜くことすらできなくて、人生を生きたと言えるのか。自分にそう言い聞かせて、懸命に言い聞かせて、涸れてしまった涙の壺を抱えたまま、この文章を書き始めました。今の私にとっては書くことだけが私の味方で、書くことだけが私の自由の女神なんだと思います。

ありがとう、あなた。今回も、遠いところまで来てくれて、ありがとう。地球の反対側まで会いに来てくれて、ありがとう。いくら感謝しても足りないくらい、感謝しています。阪神淡路大震災が起こり、地下鉄サリン事件が起こり、ぐらぐら揺れ動いている日本から、あなたは相当な無理をして、来てくれたのだとわかっています。

いろんなところへいっしょに行って、いろんなものをいっしょに見て聞いて食べて味わって、思い出がたくさんできました。本当に楽しかった。楽しくて、甘くて、せつなくて、幸せで、幸せすぎて息が苦しくなるくらい、幸せだった。今も幸せです。あなたがいなくなってすごく悲しいけれど、私は不幸じゃない。どんなに泣かされても、私は不幸じゃない。それだけはずっと覚えていてね。こんなにも、あなたを愛しているんだもの。それで不幸になるなんて、おかしいよね。愛は人を幸福にするものでしょう。

三十九歳の誕生日を半年遅れで（でも日にちは正確に）あなたに祝ってもらえて、うれしかった。プレゼントの指輪も、すごくうれしかった。ブルートパーズとタンザナイトとアメジストのちりばめられたリング。左手の薬指に指輪があれば、アメリカでは誰も誘惑してこなくなるでしょう。

何よりもうれしかったのは、だけど同時に、何よりも悲しかったのは、あなたからのもうひとつのプレゼント「あと十年」――。

「あと十年だけ、待ってくれるか？」

十年後、あなたは私だけのあなたになれると、約束してくれました。「ポーチライト」で、きれいなすみれ色のカクテルを飲みながら、指切りまでしてくれました。家族と会社と日本社会。すべてのしがらみから解放されて、ひとりの男になって、私を迎えに来てくれると、あなたは言ってくれました。

「でも、あたしはもう、日本へはもどりたくないの。グリーンカードも当たったし。こっちでの生活が気に入っているの。日本へ帰ると、とたんに『おばさん』扱いでしょ。こっちに住んでいる限り『女性』でいられるもの」

「それやったらこっちで、いっしょに住んでもかめへんよ」

「この街で?」

「うん、あの狭い部屋でな、朝から晩までべったりくっついて」

「仕事は?」

皿洗いでもなんでもする、とまであなたは言った。

「そのためにな、今は英語の猛勉強中や。会話学校へも通うてる」

聞きながら私は、うれしかったけれど、悲しかった。あなたがそこまで思ってくれていることがうれしく、あなたにそこまで思わせている自分が、悲しかった。そうして自分が憎かった。もしかしたら私は、あなたを愛しているのではなくて、ただ単に苦しめているだけなのかもしれないと思って。

「せやし、堪忍な。あと十年だけ、辛抱して」

私はあなたを待てるのでしょうか。あと十年。たったあと十年だけ。それとも、あと十年もの長きにわたって。

あなたを見送って、五日が過ぎました。残りの十年のうちの五日です。五日がこんなに長いのに、十年はどれくらい長いのでしょう。二十六から三十六までの十年は、心も体もジェットコースターに乗っていたみたいだったせいか、案外、短かったような気がするのに。

心に穴があいています。そこから風が吹き込んでくる。答えは風の中にあると歌ったのは、ボブ・ディランだったかしら。

覚えてる？　十番アヴェニューから、川へ向かって歩いていってるとき、路傍で売られていた手づくりのモビール。あのときには冷やかしただけで買わなかったけれど、きのうの午後、同じヒッピーがお店を出していたので、買いました。小鳥と、熱帯魚と、宇宙の三つ。小鳥は窓辺に、熱帯魚はキッチンに、宇宙はバスルームに吊るしました。風に揺れる小鳥たちを眺めていると、ああ、この子たちは、柵とか、境界線とか、国境とか、そういうものを越えて、自由に行き来できる生き物なんだなぁって、そんなことを思いました。もちろん魚もね、自由に海の中を泳ぎ回ってる。小鳥と魚。いいなぁ、私も来世は、小鳥か魚になりたい。来世になっても、飛んでいきたいのはあなたのそばで、泳いでいきたいのはあなたのもと、なんだけど(なんて、不自由なんだろう)。

さっきまで、アパートメントの屋上に出て、街を眺めていました。そう、つい五日ほど前に、あなたといっしょに眺めた風景。それをひとりで眺めながら、あなたは何を見つめていたのだろうって、想像してみたの。

ねえ、あのときあなたは、何を見つめていたの？　夢中になって、私が声をかけても（ちゃんと、よく聞こえる方の耳に向かって話しかけたのに）まったく聞こえないくらい熱心に、見ていたのは何？　あなたは確かに、世界貿易センターのツインタワーの方を眺めていたね。でもあのとき、本当は、何を見ていたの？　空に突き出している、二台の宇宙ロケットみたいなビルを見ながら、

「すごいなぁ、あんなものが人間に造れるなんてなぁ」

って、ひとりごとをつぶやきながら。

ねえ、あなたはあのとき、私が隠し撮りで、あなたの写真を撮っていたなんて、気づきもしなかったでしょう？　こっそり撮ったの。あなたの横顔があまりにも素敵だったから。目をきらきらさせてツインタワーを見つめているあなたが、まるで少年みたいに生き生きしていたから。もしかしたらあのとき、あなたは息子さんのことを思っていたのかしら？　息子さんに、あのビルを見せてあげたいって、思っていたのかもしれない？　建築家志望の息子さんに。

その昔、私はあなたの家族のことを考えるのがいやでした。鳥肌が立つくらい、いやでした。そんなものは「いないんだ」って思おうとしてきました。だけど、今は違うの。今はそんなにいやじゃない。少しは人間的に成長できたのでしょうか？　私は私なりに、あなたの家族のことを思っています。みんながそれぞれに幸せでありますように、と。本当よ。半分は嘘だけど、

半分は本当。

　東京の出版社からショートストーリーの翻訳（舞台はここマンハッタンです）を頼まれて、きのうから手がけています。これが小説執筆の依頼だったら、うれしかったのになぁって思いながらも。贅沢は言わないことにしましょう。タイトルは『薔薇のように、愛のように』ということからもわかる通り、ラブストーリーです。

　幼なじみだったふたりが、大人になって再会して愛し合うようになるのだけれど、飛行機事故で同時に死んでしまうの。だけど生まれ変わって、別の世界で出会って、ふたたび結ばれる。いっしょに死ぬ。そのくり返しが延々とつづくの。最後はどうなるのかって。それは読んでのお楽しみ。だけど、特別に教えます。あるとき、ふたたび生まれ変わった女の子は、もう愛する男の子を死なせたくないと思って、自分だけが死ぬ、という運命を受け入れることにしたの。そこに薔薇の花がからんでくる。ブルーの薔薇。現実には、青い薔薇は存在しないとされているのだけれど、女の子はそれを見つけて神様に送る。死と愛を司る神様はね、白いピエロなの（!・!・!でしょ?）。すると彼女の願いが叶って、ふたりは列車の事故に遭うのに、男の子は奇跡的に生き残る。そんなお話です。

　こうやってあらすじを書いてしまうと、なぁんだ、そんな他愛ない話かって思われたかもしれない？　でもね、この物語は、とっても美しい英語で書かれています。そもそも「薔薇のように、愛のように」というこの比喩が、英語でしか書けない組み合わせだと感心するのは、私だけでしょうか？

引き出しの中に、書きかけの小説があります。まだ、完成させられていません。この部屋であなたと過ごした時間、あなたとこの街で過ごした場面を書き込もうと思っています。そこをクライマックスにしたいの。だけどまだ、書けない。記憶が生々し過ぎて、心がひりひりしていて、それをそのまま書いても、私もつらいし、読んだ人は食あたりを起こすだけでしょう。

ある雑誌のインタビューに答えて、あるジャズシンガーがこんなことを言っていました。「自分があまりにものめり込んで歌ったら、聴いている人の心はすーっと冷めてしまうだけ。歌う方が、きちんと冷めていなくちゃいけない。感情の全部を出し切ってはいけない。最後の最後のところは聴く人にゆだねなくては」

創作における原点、みたいな気がします。芸術に必要なのは結論ではなくて、結末だってことでしょうか。

覚えていますか？（この問いかけ、頻発してるね）私がまだ二十代だった頃、京都から、あなたの東京出張にくっついていって、都内にある出版社を訪ねた日のことを。事前に送ってあった小説の原稿の感想を聞くために、私はその出版社の編集者を訪ねたのでした。

彼は私の顔を見るなり、言い放ちました。

「小説とは、共感を得ようとして書かれるものではない。青木さんのこの作品は、通過点に過ぎない。ここを大きく越えないと、この先、何を書いても、小説にすらならない。紙とインクの無駄使いはやめろ」

それ以外にもいろいろと、大から小まで、いろいろなところをけなされ、徹底的に叩かれ、ボロボロになって傷ついて、這々の体でホテルにもどると、あなたはベッドの上で両腕を広げて、大きくあけた胸の中に「おいで」と、抱き寄せてくれました。私は悔し泣きをしながら、あなたの胸に飛び込んでいって、それからひとしきり、暗い目をした編集者から何を言われたのかについて、ぶちまけたのでした。

「ルーの頭に、角《つの》が生えとるで。今度、奈良の鹿の角切りでも見に行くか」

あなたは優しく微笑みながら、私の頭を撫でてくれた。まるで、子どもの頭を撫でるみたいにして。そんなあなたに、

「ちっともわかってない！」

と、私は食ってかかったのでした。

「私がどれだけ悔しい思いをしたのか、わかってないでしょ。わかろうともしてないでしょ。

私は私を否定されたようなものなのよ！」

今、あの日のことを思い出しながら、私の顔にも笑みが浮かんでいます。涙ぐましい、いじましい努力を積み重ねていたあの頃の私は、ちっともわかっていなかった。

あの意地悪な編集者が言ったことは、正しかった。

そうなの、小説とは決して、読者の共感を得るために、共感を求めて書かれるものではない。むしろそこからいちばん、遠ざからなくてはならない。わかって欲しいなんて、作者が思っていちゃ、だめなの。わかってもらえなくていい。ううん、むしろ、わかってなんか欲しくない。わかられてたまるか。そこから、書き始めなくてはならない。のめり込んで書いてしまったら、読者は白けるだけだもの。

セントラルパークの一角にね、高い金網で囲まれた領域があります。金網の上には鉄条網が設《しつら》えられています。だからその中にはきっと、何か危険なものが存在しているのでしょう。普通に公園を散歩しているだけだと、その金網は目に入りません。私はたまたま、近くで遊んでいた男の子の蹴ったボールが私のそばを通り抜けて転がっていくのを、どこまでも追いかけていって、その先にあった茂みの向こうに、金網で囲われた一角を発見したの。背筋がひやっとしたのをよく覚えています。なんて言えばいいのかな、見てはいけないものを、見つけたような、アメリカの陰の部分をのぞき見たような？　うまく言えないけれど、この世界と背中合わせになって存在している別の世界の扉が見えたような、そんな感じ。

たぶん、小説家が書かなくてはならないのは、その金網の中にある世界であり、見つからなかったボールなんだと思います。今の私にわかっているのは、そこまで、です。

あなたとこの部屋で過ごした日々に、濃度と密度の濃いハネムーンみたいな時間に、鉄条網でぐるぐる囲まれた危険な何かがあった、ということなのかしら？

あなたは今きっと、笑っているでしょう？

「そんなもん、あるかいな」

って。だから私はあなたが好き。現実を肯定し、物事の明るい側面に光を当てて生きることのできる、あなたが好きです。


ここからは、楽観主義者の話。

きょう、お昼休みに読んだ新聞に「人生相談コラム」が載っていました。もちろん英語で書かれたコラムだけど、日本語に訳すとだいたいこんな内容です。

〈私にはずっと思いつづけている人がいます。私は既婚者です。相手も既婚者です。でも好きになった気持ちを制御できず、互いを思い合っています。しかし、互いの法的パートナーのことも大切に考えています。こんな私の生き方は、間違っているでしょうか。人はある人を思い

つづけながらも、別の人との幸せな暮らしを営んでいけるものでしょうか。有効なアドバイスをお願いします〉

この相談に対する回答者のコメントが、なかなか洒落ていたの。

〈あなたの生き方は、まったく理にかなったものです。私たちが神を愛しながら、日常では伴侶を愛しているように、あなたもふたりの人を愛することができます。悔いのないように、両方を愛して下さい。あなたが正しいと信じている生き方が、あなたにとって正しい生き方なのです。大事なことは、あなたの人生は他人には生きられないし、裁けないということ。ついでにもうひとつ言い添えておくと、だいたいにおいて、恋愛とは相手とするものじゃない。自分とするものなんです〉

読み終えて、私は笑いました。この「人生相談コラム」はもしかしたら、アメリカ人の大好きなジョークなのかなと思いました。なぜ、そんなことを思ったのかというと、相談している人の年齢が、九十五歳だったから。九十五歳の男性が、不倫について相談するなんて、ジョークとしか思えないでしょう？　しかし、この回答は的を射ている。あなたもそう思いませんか？　思いつづけること。それが恋愛。だとすれば恋愛とは、たったひとりでしているもの。相手じゃなくて、自分とするもの。

散歩の途中でふらりと立ち寄った本屋さんで、あなたが見つけて買ってくれた、三枚の写真について。

暖炉・兼・書棚の上に飾っています。心が広々とするような風景写真。お店の人は「アリゾナ州かな」って言ってたね。いつかあなたと旅してみたいな、赤い沙漠の広がる広大無辺な土地を。あれからいろいろ調べてみたの。ニューメキシコ州のサンタフェ。アリゾナ州のセドナ。ユタ州とアリゾナ州とニューメキシコ州にまたがっているナバホ国。いつになってもいいから、いつかきっと、あなたと旅に行けたらいいな。あなたといろんなところへ行きたい。日常の小さな旅もじゅうぶん愛おしいけれど、十年後に、旅立つ場所と、もどってくる場所がおんなじになったときには、あなたといっぱい旅がしたい。遠いところへ行きたい。近いところへも行きたい。嘘です。私はどこへも行きたくない。もしもあなたとここで暮らす日々がやってきたら、私はここから、どこへも行きたくない。

好きな男とする旅は、旅じゃないと書いたのは、田辺聖子です。好きな男とする旅は、それは愛そのものだと、彼女は書いていました。なんて平易な言葉で、核心を衝くことができる作家なんだろう。

最後に、ホイットニー美術館で見た白いピエロの絵について。

忘れられない一枚になりました。あなたがひどくあの絵を気に入っていたから。

「俺はあのピエロかもしれん」

って、あなたが言ったから。

「会社にいるとき、誰かと会って何かをしゃべってるとき、商談中なんかにも、ふと俺は、自分がこんなピエロかな思うときがある」

「それって、異邦人ってこと？」

「いや、そんなエエもんとちごうて、なんやろ、俺だけがこの浮世から浮いてるって言えばええのか」

「それが、異邦人ってことよ。きっと、日本にあたしがいないからでしょ。あたしのいない日本で、孤独で寂しくてたまらないからでしょ。だからピエロにでもなって、人を笑わせたいんでしょ。笑いで孤独をごまかそうとしてるんでしょ？」

「ま、そういうことにしとこか」

絵の前で、ふたりで絵について会話したから、だからあの絵は私のお気に入りになりました。

『薔薇のように、愛のように』に、白いピエロが出てきたとき、私がどんなにびっくりしたか、これでわかってもらえたことでしょう。

あなたは私のピエロです。あなたはいつも私を笑わせてくれる。笑わせて、愛をふりまいて、幸せにしてくれる。これでもか、これでもかと、愛してくれる。だけど、私の笑いにいつだって苦い涙が混じっていることを、私のピエロは、知っているのかしら？

私には、あと十年なんて、待てないかもしれない。だって、あなたからの次の手紙が届くまでの十日が待てないんだもの。死にたくなる。会えないのがつらい。つらくて、苦しくて、死んだ方がましだって思う。笑わないで、読んで。こんなにつらくなるってわかっていたら、あなたがニューヨークへ行くって言ったとき、「来ないで」って言ったと思う。それくらい、今、つらいです。それでも生きていくのかな、私。生きていかないといけないのかな。次にあなたがこの部屋に来ることがあったなら、あなたがここへ到着する十五分前に、私はこの世から去っていくかもしれない。

自殺をする人というのは、本人の意図のあるなしにかかわらず、必ずと言っていいほど、自死の「予告」をしている、なんらかの形で、というような話を本で読んだことがあります。しかも、本人も、まわりの人たちも、その予告に気づかないことが往々にしてあるらしい。私、あなたを脅しているのかしら？　その通りよ、脅しているの。会いたいです。でも会うためには、生きていなくちゃね。会いたいです、の同義語は、私の辞書には、生きていなくては、と出ています。

生《うま》れ生れ生れ生れて生《しょう》の始めに暗く、死に死に死に死んで死の終わりに冥《くら》し。空海の言葉です。生の意味も死の意味も知ることなく、闇から生まれて闇に帰っていくなんて、それではあまりにも虚しい命ではないかと、空海は語っているのでしょうか。
最後の最後に私から、いつものお別れのキスを一編。

倒れ朽ち果てても土に還り
森や生き物を支えていく木は偉い
人よりも人の生み出したいかなるものよりも
木は偉い
私はとうてい木にはなれない
木のように美しくも強くもない
けれどもせめて
木のように強く美しい作品を書きたい
書き上げて届けたい
あなたに

5　難破船

不要品引き取り業者――会社の名前はグリーントラックという――は、三十分ほど遅れてやってきた。

遅れそうだという連絡を携帯メールで受け取ったあと、ベッドの上のむき出しになっているマットレスに仰向けになってぼんやりしていたのだが、闇に吸い込まれるように、うたた寝をしてしまっていたようだ。今は日本時間の真夜中なのだから、眠くなるのは当然だろう。

強くドアがノックされる音で目を覚まして、あわてて起き上がり、ドアをあけると、ひとりの女性が立っていた。緑色のポロシャツに、会社のロゴマークである羽の生えたトラックがプリントされている。顔を見て「さすがはアメリカだ」と思った。アメリカでは、肉体労働に就く女性も多いと聞いていたから。

彼女のうしろには、同じシャツを着たふたりの男が控えている。ひとりは大柄なアフリカ系、あるいはカリブ系の男で、もうひとりは小柄なメキシコ系か、ラテン系。彼女は何系かわからない。

「こんにちは、私の名前はテイラーです。あなたは、ミスター・アオキ？」

彼女はそう言って、右手をすっと僕の胸の前に差し出した。

目つきが鋭い。どこにも贅肉のついていない細身の体は、すみからすみまで鍛え上げられている、という印象を受けた。

骨ばった手を軽く握って、僕は答えた。

「はい、その通りです。お待ちしていました。どうぞ中に入って」

三人が部屋に入ってくると、それまでは森閑としていた空気が揺れた。千波瑠との蜜月は、終わったのだと思った。

「彼はデュカン、彼はパコ、きょうの作業を担当します。よろしくね」

三人とも、がっしりしたワークブーツを履いている。パコは眼鏡をかけている。三人の中ではもっとも若そうに見える。まだ十代か。

テイラーの腰には太いベルトが巻かれていて、そこには、金槌、ペンチ、釘抜き、はさみ、定規、巻き尺といった大工道具が挿さっている。あれは、鋸か。

テイラーは素早く部屋中に視線を巡らせながら、

「遅れてしまってごめんなさい。午前中の仕事に手間取ってしまって」

と、謝った。

「問題ありません」

と返した僕の言葉が終わらないうちに言った。

「ええっと、あれはあのままでいいのかしら？」

天井のまんなかに付いているプロペラ型の扇風機を指さしている。

「ええ、あれはあのままでかまいません」

彼女の言葉をなぞるようにして答えた。

「よく最後の最後になって、あれも外してくれ、と言われることがあるので、最初に訊いておいたの。あれを外すためには梯子と特殊な道具が必要だから、別料金になるの」

なるほど、そういうことか。

「絨毯はどうします？　剥がしますか？」

「そのままでいいです」

管理人から、そのままでいいと言われていた。

「冷蔵庫やごみ袋の中には、薬品類は入っていないわね？」

「入っていません」

「そう、それはよかった。一般的なごみに、薬類を交ぜるのは違法行為ですから」

「承知していました」

「ありがとう。あなたは優等生ね」

にっこり笑ってそう言うと、テイラーは見積もりを始めた。

鉛筆と小型のレポート用紙を手にして、まるで新聞記者が取材メモをしているかのように、僕がポスト・イットを貼りつけてある大型ごみの個数を確認し、黒いごみ袋の数を数え、冷蔵庫やチェストやベッドの大きさを目分量で測り、数字を書き込んだり、ページをめくって何かと突き合わせをしたりしている。

その間、ふたりの男たちは、冷蔵庫の扉を荷造りテープで固定したり、テーブルや椅子をドアの近くまで移動させたりして、てきぱきと体を動かしていた。

「ところで、遅れた理由の説明をさせていただくと、午前中はね、かれこれ五十年以上も、レントコントロールの部屋にひとりで住みつづけていた人の残した物を片づけていたの。それが信じられないくらい多くて。あなた、想像できますか？　ひとりの人間が五十年間で、いったいどれくらいの物を集めて、それらの物に囲まれて生きているのか。トラックの荷台いっぱいに積み込んで、一回では片づかなかったの。その点、この部屋の住人は、なんてシンプルなライフスタイルだったのでしょう！　立つ鳥跡を濁さず、とはまさにこのことね。私も大いに見習いたいものだわ」

レントコントロールというのは、借主を保護するために設けられた法律で、この法律によって家賃の値上げが厳しく制限されるため、安い家賃のまま長年、同じ部屋に住みつづける人が増えることになる。ビルのオーナーや不動産売買業者にとっては頭の痛い、ニューヨークではお馴染みの法律である。

「彼はね、亡くなる前の何年かは、肺癌と闘っていたようなの。酸素ボンベを使って生活をしていたのよ。冷蔵庫の中には、薬がいっぱい！　まるで薬局でもオープンできそうなくらい」

僕の応答を、彼女は特に求めていないようだった。しゃべりながら見積もり作業をする。それが彼女のやり方なのだろう。

「身寄りもない人でね、遺言には、自分の残した物はすべて、部屋のオーナーに譲りますと書かれていたらしいの。オーナーにとっては、いい迷惑よね。すべてあげますってことは、イコール、全部あんたが片づけてくれってことでしょ」

そこで、デュカンが笑った。何かジョークを言ったようだったが、僕には意味がわからなかった。パコも笑っていた。

「とんでもない愛煙家だったらしいの。壁の色がすごかったわ。灰色を通り越して黒かったもの。肺の中もあんな色になっていたんでしょう。壁に吸い込まれている煙草の煙が、私たちの胸にも染みるようだった」

この部屋の壁の色は、クリーム色だ。決して薄汚れてはいない。千波瑠はときどき壁も磨いていたのだろう。バスルームの壁は水色で、天井には雲の模様が描かれている。テイラーは次の作業現場に行ったとき「前の人の部屋の壁は、きれいなままだった。水色の天井には雲が浮かんでいた」と言うのだろうか。

「オーケイ、できたわ。ミスター・アオキ、この部屋の片づけは、税込みで合計千五百ドル。最後の掃除と窓のクリーニングも含めて、二時間きっかりで終了できます。合意していただけたら、すぐに取りかかります」

「合意します」

「じゃ、ここところにサインして。支払いは終了後でいいです」

サインを終えると、テイラーは「サンキュー・サー」と言いながら、僕に敬礼をして見せた。それは、彼女の遊び心のようなものだったのだろうが、軍服を着せたらそのまま軍曹で通りそうな仕草だった。背筋に針金が一本、通っているようなのだ。

「さあ、始めましょう」

テイラーが声をかけると、男たちの体にスイッチが入った。

三人とも作業用のマスクを付け、手に黄色い軍手をはめて、動き始めた。ティラーは現場監督で、男たちが作業員なのかと思っていたが、そうではなかった。ティラーは率先して、重いものを巧みに移動させていく。僕も手伝おうと思って、近くにあった姿見に手をのばしかけると、ティラーに制止された。

「ノー、触らないで。あなたは何もしなくていい。あなたに怪我をされても会社の保険は下りないし、私たちが責任を問われるだけだから」

「すみません」

「あなたが謝る必要はありません」

邪魔にならないように、最初はベッドの上にあぐらをかいていたが、監視していると思われたくなくて、バスルームに移動したり、意味もなく窓辺に立って外を見たりしていた。作業が始まってから終わるまで、依頼主は部屋にいなくてはならない、という項目も、契約書には記載されていた。

部屋のドアにストッパーをはさんで、ドアをあいたままの状態にしてから、三人は入れかわり立ちかわり「何か」を抱えて階段を降りていき、また昇ってきた。一階から外へ出て、路肩に停めてある緑色のトラックの荷台に「何か」を投げ入れているのだろう。

何かとは、何か？

千波瑠の残したものだ。

千波瑠が使い、千波瑠が大事にし、千波瑠が身のまわりに置いておいた物たちだ。千波瑠が十四年間、ここで生きていたという証だ。

テイラーがさっき教えてくれた、肺癌で亡くなった人のことを考えた。五十年以上、暮らした人の残した膨大なごみと、千波瑠の「証」は、どこがどう違うのだろう。

どこも違いはしない。

千波瑠もまた、十四年分のごみを残して死んだ。

人は、ごみを生産し、ごみを買い、ごみを消費し、ごみになる物に囲まれて生き、あとにごみを残して逝き、残されたごみを、生きている者が処分する。それが人間の営みなのだとしたら、人の一生とは、まるでごみにまみれたもののようではないか。

僕が今、所有しているもの。これから所有するかもしれないもの。その中で、ごみにならないものはいったい、どれくらいあるというのか。

「ミスター、あなたはデュカンが水を飲むことを許してくれますか?」

テイラーの声で、我に返った。

「もちろんです」

顔中を汗でいっぱいにして、はぁはぁ息を吐きながら苦しそうに、ごみ袋をかついで階段を降りていくデュカンと、彼を叱咤激励しながら椅子やテーブルなどを運んでいく小柄なパコに交じって、テイラーは、ひとりの手で運べるものをどんどん下ろしていく。狭い階段を、彼女はすいすい降りていく。上がってくるときには、彼女だけが駆け足だ。

三人が出入りするたびに、部屋の中から物が消えていく。

千波瑠の過去が消えていく。

消えてしまった千波瑠が、さらに消されていく。

たとえは悪いがセカンドレイプという言葉が浮かんでくる。あるいはこれは、完璧な消失へ向かっていく千波瑠の、最後の旅のようなものなのか。

それが作業中の決まりなのか、三人は私語をしない。黙って、体を動かしている。

三人の軍手が黒いごみ袋をつかむたびに、中に入っている物が音を立てる。ごきぶりの羽のような光沢のあるごみ袋の中で、がちゃがちゃと、食器と食器の当たる音がする。物が割れたり、ぶつかり合ったりする音が重なり合う。

悲鳴のような、怒りのような、抗議の声のようなその音に、僕は責められているような気がする。やめて欲しいと思う。やめたいと思う。帰りたいと思う。始まったばかりのこの旅から、僕は帰りたくなっている。すべての予定を今すぐキャンセルして、千波瑠とここでもうしばらく、過去をなつかしんでいたい。

＊

きょう、仕事のお昼休みに、行きつけの本屋さんを訪ねてきました。あなたも知っての通り、本屋さんへ行くとまずフィクションのコーナーへ向かって、「M」の作家が並んでいる棚をチェックします。あるかな？　あるある！　ハルキ・ムラカミの本たち。

手に取ってページをめくっていると、ときどき、ほかのお客さんから声をかけられることがあるって話もしたと思うけど、きょうはね、アルバイトの店員さんから声をかけられたの。

「あなたはムラカミの本をいつも熱心に見ているが、買わないね。もしかしたらあなたには、原書が読めるからなのではないか？」

その通りです、と答えると、彼（チャイニーズアメリカンだと思う）は言いました。

「うらやましい！　僕も原書で読んでみたいものだ」

店員さんも、ファンだったたってことです。ニューヨークで、村上ファンに遭遇することは、ちっとも珍しいことではありません。

それからひとしきり、村上作品を巡る会話が弾みました。彼は、ねじまき鳥で好きになったみたいだった。私は『ノルウェイの森』『国境の南、太陽の西』『スプートニクの恋人』がベスト3だってことを強調しておきました。彼はノルウェイだけは読んだことがあるそうです。「感情の湿り具合がよかった」というようなことを言ってました。「僕の心の奥深い部分にある井戸の中に沈殿している湿った感情が、彼のペン先によって刺激を受けた」って、日本語に訳すと、そんな褒め言葉だった。

思い返せばこの作家を私に教えてくれたのは、甥っ子でした。私たちのあいだではいつだってコミックリリーフになってくれるあいつ。幼い頃、私に心配ばかりかけていたあの子も、今は四十路を前にした父親。これは、あなたには話していないことだけど、彼は二年ほど前に離婚しました。奥さんが家を出ていく格好で別れたので、子どもはふたりとも彼と暮らしています。どうして、奥さんに出ていかれたのか。見切りをつけられるようなことを、あの子は奥さんにしたのかしら？　そんなことをする子だとは思えないんだけど。今、どんな気持ちでいるのかな？　また私に心配をさせようとしている夏彦。村上春樹の本の前に立つたびに、私はあの子のことを思い出して、胸を痛めています。日本へはちっとももどりたくないけれど、夏彦には会いたいなって思う。あの子には、幸せになって欲しいの。

話が逸れてしまいました。もとにもどします。

本屋さんへ行った目的。もちろん、ガイドブックを買うためよ。旅は、ガイドブックを買うところから始まるのです。ギリシャのガイドブックを三冊、買い求めました。一冊は写真が充実していたから。もう一冊はわりと中産階級向け（かな？）。最後の一冊は貧乏旅行者向け。読み比べてみようと思って。旅の計画、任せておいてね。つづきはまた今夜。お昼休みが終わっちゃいました。


じゃーん、旅の計画を発表します！

練って練って練って、これじゃあ練り過ぎだと思っていったん白紙にもどして、それからまた練りました（これじゃあ練り過ぎ？）。

旅は行く前が、つまり、計画を立てているときがいちばん楽しいのかもしれないね。

「それやったら、行ってるさいちゅうは、楽しゅうないみたいやないか？」

そうかもしれない。ううん、その通り。行ってるさいちゅうは、旅なんて、楽しんでいないの。行ってるさいちゅうはね、これがいつ終わるのか、終わって欲しくないって思って、毎日、ひりひりしているもの。行く前が楽しいの。これから行くってとき、つまり今がいちばん楽しいの。レストランで料理を注文したら、届く前がいちばん楽しみでしょ？　映画館へ行ったら、始まる前がいちばんドキドキする。それと同じよ。私はあなたみたいに、今を楽しめないの。

「損な女やな」

「そんな女なの」

この会話、どこでしたか、覚えてる？　忘れた？　正解を知りたい？　教えてあげない。

大都会のアテネへは行きたくない、というあなたの希望を取り入れて、アテネでは空港で一泊するだけにしました。アテネからバスに乗って一時間とちょっとで行けるペロポネソス半島。田舎の村があって、海があって、港があって、猫がいっぱいいて、外国人観光客の行かないような寂れた名所があって、とびっきり新鮮な魚料理を食べさせるお店があって、あとは何もない。何もないのにすべてがある。そんな場所へ、私たちは行きます。目の前には、エーゲ海よ！

飛行機も宿泊施設も、調べたら、がらがらだった。それはそうよね、ブッシュがイラク戦争を始めたばかりなんだもの。こんなときによく行くねって、いろんな人から言われたけど、私には関係ない。世界情勢なんか、どうでもいい。私には、あなたの情勢だけが大事なの。世界がどうなっていようと、私はあなたとギリシャへ行くの！　しかも十日間も（まだ、心のどこかで、この奇跡を信じられないでいる）。これが正真正銘のゴールデンウィークね！

十日間も会社を休んで、家を留守にするために、あなたはいったいどんな嘘を、どれくらいついたの？

「俺、ルーとちごうて、嘘話つくるの、苦手やねん」

「あたしだって苦手よ。あたしが書いてるのは全部、本当のお話よ」

「それが嘘話や言うねん。小説家なんて、ペテン師みたいなモンやんか。どんだけ人を騙したら気が済むんや、え？」

「ペテン師で悪かったわね。天下の嘘つきさん」

さてこの会話は、どこで交わされたでしょうか？　六甲山から見下ろしたあの夜景、きれいだったね？

天下の嘘つきさんが、私は大好きよ。だって私も共犯者だもの。ありがとう、あなた。四十七歳の誕生プレゼントに、こんな素敵なモンをくれるなんて。アテネの空港ホテルで、あなたの腕の火の中に、夏の虫みたいに飛び込んだ瞬間、神様に命を取り上げられたってかまわないと思う。

というわけで、アテネの空港で一泊。

ナフプリオン三泊。ここが最初の町（というか漁村ね）。港町です。海沿いの通りにずらりとシーフードレストランが並んでいます。猫がうろうろしています。港では漁師たちが、余った魚を猫たちに投げ与えています（すべて、写真を見ながら、書いてるの）。町なかにある、小ぢんまりとした、ゲストハウスみたいなプチホテルみたいなところに泊まります。大きなホテルなんて、まったくない町なの。細長いビルの一階が薬局で、二階と三階が客室。私たちの部屋は三階で、その上にある屋根裏部屋と屋上のベランダも使っていいそうです。屋根裏部屋にはなんと、ジャグジー付きのお風呂があるそうです。町はずれには、石の階段で登れる遺跡（砦の跡みたいです）があります。あなたと駆けっこしながら登る予定。体調、しっかりと整えておいてね。

カルダミリ二泊。ナフプリオンでレンタカーを借りて、山を越えていきます。運転は私に任せてね。古い教会や寺院や修道院や壁画をたくさん見ます。オークリーフレタスとオレンジといちじくとオリーブのサラダを食べて、パンに豆のディップをのせて食べて、小魚の揚げ物にレモンを絞って食べて、トマトとバジルのパスタを食べます。お酒はワインかウーゾ。食べモンのことばっかり書いてるね、私。オレンジの並木道を散歩しながら、道ばたに落ちているオレンジを拾って食べます。カルダミリではベッド&ブレックファストに泊まります。ここでひとつ、クイズです。グリークサラダには、レタスのほかに、何が入っているでしょう。答えは、オリーブ、クルトン、フェタチーズ、赤玉ねぎ、ピーマン、トマト、きゅうり。

ギシオ二泊。ここはね、世界遺産になっているミストラスの遺跡が近くにあるってこと以外には、あんまり町の情報が得られてないんだけど、とっても素敵な貸別荘があったので、迷わず予約を取りました。何が飛び出してくるか、乞うご期待。

ギシオからナフプリオンにもどって一泊。翌朝、バスでアテネへ。このあとのことは、ここには書きたくありません。「あと」はないの。私はギシオからどこへも帰らないつもり。体は帰っても、心はギシオに永住させておく。こんなこと、書いているだけで、心と体がばらばらになる。あなたと私がばらばらになると、私自身もばらばらになるの。壊れた人形みたいに。

何もかも、あなたのせいよ。

*

処分作業が始まって三十分ほどが過ぎた頃、ニューヨーク市立大学の附属図書館の関係者が本の引き取りにやってきた。ジーンズ姿の年若い男女。アルバイトの大学生のように見えた。千波瑠の愛読した書物が、これからは図書館で、学生たちに読まれるのかもしれない。これはある種の救いだなと思った。「救い」は「気休め」と言いかえることもできそうだったが。

学生たちが去っていったあと、

「我々は五分ほど、休憩させていただきます」

テイラーが僕にそう言うと、デュカンとパコは同時にぱっと手を止めた。

パコは黙って外へ出ていき、デュカンは水道から手で水を受けて飲み干したあと、ズボンのポケットから携帯電話を取り出して、耳に当てている。録音されているメッセージを聞いているのだろう。

部屋の中からは、黒いごみ袋のうち半分ほど、冷蔵庫、飾り棚、丸テーブルと椅子一脚、ひとり用のソファー、姿見、テレビなどが姿を消していた。電子レンジ、コーヒーメーカー、トースター、加湿器などの家電製品もすべて、ごみに変わった。

「欲しいものがあれば、どうぞ持ち帰って下さい」と僕が言ったとき、三人とも儀礼的に「ありがとう」と答えたが、欲しいものなどなかったということだろう。非常に失礼な申し出を、僕はしたのかもしれなかった。

今、部屋の中に残っているのは、いびつな形をしている黒いごみ袋がいくつかと、衣類を詰めた白いごみ袋――最後に僕が管理人の部屋まで届けることになっている――と、整理箪笥とベッド。つまり、家具類のうち比較的大きなものがふたつ、残されている。

取り除かれた家具の置かれていた場所の、絨毯の色がそこだけ濃い。濃いベージュの円や四角が、まるで千波瑠の人生に付けられた傷跡のように見えて、僕は思わず手で覆ってやりたくなる。

窓辺に立って所在なさそうに、隣のビルの赤煉瓦の壁を這い伝っている青々としたアイビーを眺めていたテイラーが、ふり返って、僕にたずねた。

「あなたは、この部屋の住人だった人の家族なの？　それとも、この部屋の持ち主？」

ファミリーという単語と、オーナーという単語が、外国で初めて耳にする聞き慣れない言葉のような違和感を伴って、耳に響く。

千波瑠は僕の家族だったのか。

かつては家族だったのかもしれないが、家族としていっしょに暮らした日々は遠く、素直に「家族です」と、僕は言えない。親族か？　親族という単語は英語では「レラティブ」だ。でもそれも違う。彼女と僕には血のつながりはない。なくても親族か？

代わりにこう言ってみた。

「彼女は僕にとって、家族以上に大切な人でした。僕は彼女を愛していたのです」

英語だから言えた。「愛している」なんて、日本では言えない。そもそも僕の日本語には、そのような語彙はない。

しかしテイラーには、僕の思っていることが正確に、ストレートに、伝わったようだった。

「そうだったの。深く同情します。こういう仕事をしていると、あなたのような人に出会う機会は、少なくありません。愛する人の残した物を処分するのは、身を切られるようなつらい作業です。けれども人はそれを通して、喪失を受け入れ、苦しみを乗り越えることができる。お葬式といっしょです。この処分の過程はあなたにとって、つまり生き残って、生きていく者にとって必要な時間であり試練でもあるの。そのお手伝いをさせていただけて、うれしく思います」

「ありがとう」

何かあとひとこと、言わなくてはならない。たとえば、あなたの仕事に敬意を表します、というようなまっとうな返礼の言葉を。

英文を探しあぐねていると、パコが部屋にもどってきた。それを合図にテイラーは「さあ、始めましょう」と号令をかけ、三人はふたたび、仕事を始めた。


最初に取り組んだのは、ベッドだった。

千波瑠の使っていたベッドは、三段重ねになっていた。いちばん下にフレーム、その上に硬いマットレス、さらにその上に柔らかめのマットレス。

二枚のマットレスを一枚ずつ、テイラーとパコが階段から下ろしていくあいだに、デュカンは、フレームを解体し始めた。そのままの状態でも下ろせないことはないように見えたが、台の部分から、四本の足を外し、片側に垂直に取りつけられている板を外していく。確かにその方が運びやすいだろう。足とヘッドボードが付いたままだと、狭い階段を曲がるときに壁に当たったり、壁の上部を通っているパイプを傷つけてしまったりする恐れがある。

解体作業を終えると、デュカンは階段の途中にいたふたりの作業を助けに行った。

「デュカン、あなたは下から押し上げて。パコ、あなたはサイドから引っ張るのよ」

さっきから、階段のカーブのところで、三人は四苦八苦している。互いに声をかけ合いながら、すでにベッドとは呼べなくなった四角い物体を移動させていく。ゆらゆらと動いている物体は、海上をさまよう壊れた小舟のように見えた。

部屋からベッドが姿を消すと、部屋は急に狭く見え始めた。ビルや家屋の取り除かれた空き地が、驚くほど狭く見えるのと同じかもしれない。逆に、あとひとつだけ残されている整理箪笥が、異様なまでに大きく見えてきた。

それは、僕の錯覚ではなかった。実際に、このチェストは大きかった。想像以上の奥行きがあったのだ。

三人で入り口の前まで運んできたとき、

「うーん、これは無理だな」

と、パコが言った。

「無理？　じゃあ、測ってみて」

テイラーに指示されて、デュカンがサイズを測ると、チェストの横幅も奥行きも、入り口のサイズをわずかばかり上回っていることが判明した。

「出ないわね、これは」

そう言って、テイラーは両手でVの字を作った。

それから、僕の方を向いて言った。

「入れるときには板の状態だったものを、部屋の中で組み立てたんでしょう」

パコとデュカンは黙って、ついさっき引き出しの部分に自分たちの手で貼りつけた荷造りテープを剝がしていく。ぺりぺりと耳障りな音が重なり合う。

「あなた、知ってる？　なんでも薄い板状にして物を運ぶ技術は、軍が開発したものなのよ。戦場へ大量の物資や建材をいかにスムースに、迅速に運ぶか、考えに考えて考案された方法なの。軍は板にして運ぶの。どんな物体でも、家一軒でも」

誰に対して言っているのか、わからなかった。テイラーはもと軍人だったのかもしれないと、僕は改めてそう思った。

引き出しがすべて、本体から抜き取られた。

三人は次に何をすればいいのか、すでに承知しているようだったが、僕には予想がつかなかった。だから度肝を抜かれた。油断していた。こんなことが目の前で起こるとは、思ってもいなかった。

彼らと彼女は、それぞれのハンマーを手にすると、整理簞笥を滅多打ちにし始めた。デュカンは木槌で、テイラーとパコは金槌で、千波瑠のチェストを容赦なく叩き壊していく。あっというまに引き出しも本体も破壊されて、木切れになっていく。「やめてくれ」と言いたいのに、声も出ない。僕は呆気に取られていた。これは腹いせか何かなのかと思えるような、容赦ない破壊作業。

形あるものが壊されてゆく。

みるみるうちに壊されてゆく。

そこに、砂が流れ込んでくる。四方八方から、砂が。

波のように押し寄せ、流れ込んでくる。

ズシン、ズシン、バリッバリッバリッと、腹に響くような音を聞かされながら、僕はなぜか、遠い昔に見た砂漠の風景を思い出していた。

なぜ、こんなところで、砂漠が出てくるのか、皆目わからなかったが、耳を塞ぎたくなるような音に囲まれているのに、まるで無声映画を見ているかのように、広大な砂漠が突如、姿を現したのだった。

あれは学生時代、バックパックを背負って、ヨーロッパを転々と旅していたときのことだった。パリの安宿で出会った日本人の男からモロッコの話を聞かされて興味を抱き、行ってみることにした。スペインのマラガから船でタンジールに渡り、首都のラバト、古都のフェズなどを見てまわったあと、鉄道でマラケシュへ、そこから車を借りて、サハラ砂漠の最北端に位置する村、メルズーガへたどり着いた。

そこからは歩いて、シェビ大砂丘と呼ばれている砂の世界へ入っていった。

どこから何をどう見ても、あたりには砂しかなかった。

砂砂砂砂、砂砂砂砂砂。砂の海。生き物のような砂。砂の手、砂の足、砂の触角。

方向も距離感も失って、ただ砂の中をさまよった。どこにも帰れない、どこにも行けない、壊れた船のように。さまよいながら見上げた空の青かったこと。空《くう》というのは、このような景色を指して言うのだと思った。

あのとき僕は、砂漠の中でひとり、死後の世界を見ていたように思う。

チェルシーのアパートメントに、サハラ砂漠が浮かんできた訳がわかった。

千波瑠の過去が破壊されていく音を聞きながら、僕は今、千波瑠が今いる世界を見ているのだ。砂の海と青い空だけの世界。そこに千波瑠は今、ひとりで佇んでいる。砂漠からこの部屋を見下ろしながら、この破壊音を聞いている。

＊

空港のすぐ目の前にホテル。名前はソフィテル。とても静か。飛行機の発着音もまったく聞こえない。ホテルのロビーにあなたの姿を見つけたとき、本当に息が止まりそうになった。ギリシャで初めての食事を、ふたりでする。食前酒として、ウーゾの水割り。白いお酒。カルピスみたい。グリークサラダ。野菜の上にかまぼこみたいなフェタチーズがのっかっている。パンとオリーブオイル。シーバスのグリル。レモンとオリーブオイルで食べる。「醤油があったらエエのにな」。デザートはバクラバ。はちみつに漬け込んだ甘いお菓子。食後、ホテルの周辺を散歩する。手をつないで、まるで十代の恋人同士みたいに。

二日目、十二時半のバスに乗って、ナフプリオンへ。

隠れ家みたいなゲストハウス。お客は私たちだけ。一階の薬局でチェックインを済ませて、細い螺旋階段を上がっていく。荷物を下ろしてシャワーを浴びて、屋根裏のベッドの中にチェックイン。「なんや、貪り食らういう感じやったな」。それからジャグジーに浸かって、着がえて町に出る。数え切れないほどあるレストラン。選ぶだけで小一時間が過ぎる。結局、呼び込みの若い男がいちばんかっこよかったお店に落ち着く。グリークサラダ、ズッキーニボウル(コロッケみたいなもの)、いかフライ、ウーゾとワイン。デザートはお店からのサービスのチョコレートケーキ。私たちが「ナイスカップルだから、サービスします」って、言われたような気がする。

三日目。鳩の鳴き声で目覚める。朝七時に起きて、近くのカフェで朝食。焼きたてのパンに、杏のジャムをたっぷり付けて。しぼりたてのオレンジジュースと、グリークコーヒー。朝食のあと、砦へ登る。初夏の花が咲き乱れている。赤いポピー。白いひな菊。名前のわからないブルーの小さなお花。海はどこまでも青く、陽が昇ってくるにつれて、その青がだんだん濃くなってくる。ところどころがグリーンに見えるのは、その上に雲があるから。犬も猫も放し飼い。街角には、そこここに、犬や猫のご飯が置かれている。午後、町はずれの丘にある修道院を見に行く。オリーブ畑と糸杉の散歩道。途中で黒い山羊に出会う。親切なおじさんの道案内。部屋にもどって爆睡。目が覚めたら夜の十時。ふたりで外へ出て、港の近くのバーでお酒を飲む。私はウォッカギムレット、あなたはジントニック。夜の海風に吹かれながら。

ギリシャで毎日、付けていた日記を読み返しながら、泣きました。愛しくて切なくて、きらきら輝いていた時間。どのページにも、オレンジとオリーブの香りが染み込んでいるようです。楽しかった。人も親切で、猫がいっぱいいて、かっこいい男が多くて、シンプルなお料理も

とっても美味しかった。エーゲ海の光。野原で吹かれた風。山奥の教会。羊飼い。ミケーネ文明の遺跡。石の階段。石畳の道。道端の十字架。青空を舞うかもめ。漁師の船の中でピチピチ跳ねていた魚。魚をねだる猫たち。昼食のあとのナップ。ナップのあとの「この世の楽園」。

あれから一年以上が過ぎた今も、ギリシャで過ごした日々は甘く、青く、私の心を染め上げています。

青く染まった心のまま、書いています。

大好きなあなた、これがあなたへの最後の手紙になります。

もう私は手紙を書きません。手紙だけじゃなくて、日記も小説も。

書くことを、私はやめます。書くことに取り憑かれてきた人生に、このあたりで終止符を打とうと思います。自分の人生に、自分で決着をつけたいのです。もうこれ以上、この、感情という厄介なものに、押し流されるようにして生きていきたくありません。この激流を、私は自分の手で止めなくてはなりません。それはつまり、この恋をあきらめる、ということです。あなたへの想いを断ち切る、ということです。長い時間がかかりました。本当に気が遠くなるような長い時間が。人は私をあざ笑うでしょう。馬鹿な女だとうしろ指を指しながら。ろくでもない男を好きになって、血迷って、自分の人生を棒に振った愚かな女だと罵《ののし》るでしょう。

あなたも笑うでしょうか?

「また、そんな大げさなこと言うて、俺を脅かすつもりか」

そう言って、へらへら笑っているあなたの顔が浮かんできます。

「ほんま、おかしなこと、言う子やな。書くのをやめたとしても、それと俺とがどう関係してるんや」

笑わないで、私は本気なの。あなたはよく知っているはずです。私がいつだって、本気で生きていることを。私が「こうする」って言ったら、私は必ずそうしてきたはず。アメリカへ行くと言ったら行ったし、泣かないと言ったら泣かなかったし、私が言ったことを実行しなかったことは、何一つ、ないはず。だから、これが最後と私が言ったら、もうそのあとはないの。

この言葉が、大げさでも脅しでもないことを証明する事実を、ここに書いておきましょうか。私はきのう、あなたからもらった手紙をすべて捨てました。一通残らず、焼き捨てたの。私はあなたの言葉を捨てました。あなたの言葉を焼き殺したのです。何よりも大切な、私の宝物だった、あなたの言葉を。

でも、忘れないで、大好きなあなた。

それでも今も、この瞬間も、あなたが好きです。好きだと言わせて下さい。墓標に「書いた、愛した、生きた」と刻んだのはスタンダールでしたが、私は「愛した、愛した、愛した」と刻みましょう。私はあなたの野放図さを愛したし、下手で優しい嘘を愛したし、一途な想いを愛したし、猪突猛進な仕事のやり方を愛したし、どんなに情に溺れても、家族を捨てられなかったあなたを愛したの。

「ゆっくり話そう。声を出し合ったら、声を聞き合ったら、考えも変わるよ。今までこうやってうまくやってきたんや。これからもやっていける。ルーが俺から離れていこうとしても、俺はルーを離さへんよ」

「俺にはおまえしかおらへんのや。なんべん言うたら、わかってもらえるんやろ。ルーといっしょになりたい。俺の望みは、それだけや」

あなたの言葉を、私は信じたの。いつだって、たとえ嘘だとわかっていても。

どうしてなんだろう。あと十年が、あと一年になるまで待ったのに、最後の一年が待てなかった。ギリシャで、あなたが「あと二年」を忘れていることに気づいたから。「あと十年」が嘘だったと、知る日が怖くて。


あなたは、ギシオの海辺で見た、あの難破船を覚えていますか。

ギシオの貸別荘のベランダで、海猫たちの声を聞きながら、エーゲ海に昇る朝陽と朝焼けの空を眺めながら、朝ごはんを食べたあと、車を走らせてモネンバシアまで行って、ぶあつい石の城壁に囲まれた、隠し砦のような村を観光した帰り道に、偶然、見つけた難破船。

船は遠目にも大きく見えたけれど、近くまで行って見ると、その巨大さに、私たちは圧倒されて、言葉を失ってしまいましたね。まっ青な空のもと、エメラルドグリーンの波に恣《ほしいまま》に洗われながら、焦げ茶色の鉄の塊みたいな船は、なす術もなく砂浜にうずくまっていました。座り込んでいる、と言った方が近いかしら。

錆びついた鉄骨と鉄骨のあいだを、波が、まるで生き物のように寄せては返していました。かつて客室だった部分も、操縦室だった部分も、甲板だった部分も、今は波と魚たちと海鳥たちの住処《すみか》です。

私は裸足になって、海へじゃぶじゃぶ入っていきました。スカートの裾が濡れるのもかまわず。

あなたは私の脱ぎ捨てたスニーカーを手にして、あきれた顔で言いました。

「ルーちゃん、いつまで見とるんや、そんなに熱心に。ただの幽霊船やないか。そろそろ帰ろう。風もつめとうなってきたし」

「もうちょっとだけ、見ていたい」

そう答えて、私は船に見とれつづけていました。見ているうちに「美しい」と、感じ始めていたの。難破船は、微笑んでいるように見えました。青い空と群青の海。金色の光と銀色の波。座礁して、砂浜にへたり込んだ船は、空と海を従えて、婉然と微笑む女神のようでした。神々しい風景だった。これは過去と記憶というテーマにぴったりのモチーフだなと思った。もしも私がいつか、あなたとの日々を小説に書くとすれば、そのタイトルは『難破船』だな、と。

そう、だけど、私はその小説を書かない。書くことをやめたって、さっき、書いたでしょう。

「ええ加減にして、帰ろ。部屋へもどって、もっと楽しいことしよ」

帰ろうと、さかんにうながすあなたを無視して、私は難破船のそばから動こうとしなかった。あのとき私は、動けなくなっていたの。あのとき私は、まるで砂の音のようにも聞こえる潮騒に乗って流れてくる、なつかしい歌を聞いていたのです。

私たちの望むものは――

「フォークの神様」と呼ばれていた岡林信康が、ギターをかき鳴らしながら歌った歌。七〇年代の若者たちの心を揺さぶった歌です。私は三十年以上の長きにわたたって、この歌の本当の意味を知らないままでいたんだなって、そのとき気づきました。難破船の前に佇んで、岡林の声を聞きながら、私は初めてこの歌の意味を知ったのです。謎が解けたと言うべきでしょうか。

私たちの望むものは
生きる喜びではなく
私たちの望むものは

生きる苦しみなのだ
私たちの望むものは
あなたと生きることではなく
私たちの望むものは
あなたを殺すことなのだ

最初に歌ったこと（私たちの望むものは、生きる喜びなのだ）と、まるで反対のことを彼は最後に歌っているのです。

ひとつの歌の中で、生と死が反転してしまう。けれどもこれは、本当に反転なのでしょうか。もしかしたらこれは反転ではなくて、ひとつづきのものなのかもしれない。生と死。過去と現在。現在と未来。愛と憎しみ。破壊と創造。幸せと不幸せ。希望と絶望。新しい船と古い船。あなたと私。それらは、相反するものではなくて、同じひとつのものなのではないか。難破船を見ながら、私はそんなことを考えていました。あるいはあなたとは、内なる私なのでしょうか。内なる私とは、あなたなのでしょうか。だから私はあなたを殺し、私を殺さなくてはならない？　なぜならそれが、私たちの望むものだから。

だからどうだと言うのでしょう。だからどうなんや？　とあなたは言いたいでしょう。私にもその答えはわかりません。

ただ、私は知ってしまったのです。あの壊れた船が教えてくれました。この世に存在するもの、この世で起こることはことごとく、幻なのだと。あなたを好きになり、あなたに愛され、あなたを想い、あなたを遠くから、誰よりも強く想いつづけてきた私の年月もまた、幻です。座礁し、海辺に座り込んだ難破船にとって、大海原を航海していた日々が幻であるように。

さようなら、大好きなあなた。

いつかまたどこかで、会えるでしょうか。

会えたとしたら、私たちはふたたび、恋に落ちるのでしょうか？

きっと私は落ちるでしょう。生まれ変わっても、私はあなたを好きになります。許されない恋であっても、苦しい恋であっても、私はあなたを愛します。愛することは生きることだから、そして、生きることは死ぬことで、死ぬことは、生きることだから。

返事の手紙は、送らないで下さい。もしも送ってくれたとしても、私がそれを読むことはないでしょう。

さようなら、あなた。佳《よ》い人生を。

6
鍵

「あなたのきょう一日の残りの時間を楽しみなさい」

支払いの手つづきを終えると、テイラーは軽快な口調でそう言って、去っていった。デュカンは最後まで使用していた小型の掃除機を、パコはバケツとモップを手にして、彼女のあとにつづいた。約束していた通り二時間きっかりで終わった、見事な仕事ぶりだった。チップはあれでじゅうぶんだっただろうかと思いながら、僕は「ありがとう。感謝します」と三人の背中に声をかけた。

午後三時半過ぎだ。

このあとはダウンタウンのホテルにもどって、あしたの朝の飛行機で帰国する。ニューヨーク観光はしない。自由の女神にも、エンパイヤーステイトビルディングにも、関心はない。しかし今夜は、かねてから訪ねてみたかった、グリニッチビレッジにあるジャズクラブへ足をのばしてみようと思っている。すすり泣いているようなブルースを聴きながら、ひとりで、千波瑠を弔う酒を飲む。

三人を見送ったあと、何回かに分けて、衣類の詰まった白いごみ袋を一階の管理人室まで運んだ。管理人は留守だった。事前の指示に従って、入り口のドアの近くの壁のへこんだ部分に、ごみ袋を積み重ねた。衣類は、近所の教会を通して、しかるべき施設や発展途上国に寄付されると聞いている。

最後の二袋を運び終えて、階段を上がっていく途中で、上から降りてくる男ふたりとすれ違った。ひとりは両腕に小型犬を抱きかかえている。耳の垂れた、毛の長い犬だ。ふたりは明らかにカップルであるとわかった。垢抜けたファッションセンスや髪型が似通っていたから。月曜日のこんな時間にふたり揃って犬の散歩に出かけるということは、自由業かアーティストか。

「こんにちは、調子はどうですか?」

犬を抱いている男から、声をかけられた。背後から、長身の男が涼やかな笑顔で僕を見下ろしている。

「ありがとう。快調です。あなたたちは?」

「まずまずだね」

「そうですか、それはよかった」

通り一遍の挨拶の会話のあとに、僕は、部屋の片づけに伴って、騒音がしただろうことを詫びた。何も聞こえなかったと、彼らは口を揃えて言った。ナッシング。ノープロブレム。

行きずりの会話はそれで終わりになるかと思っていたが、二階の踊り場まで降りると、ふたりは立ち止まって、今度は、上に上がっていこうとしている僕の背中に言葉をかけた。ふんわりとした言い方だった。

「ルーには、親切にしてもらった。残念なことになった。心からのお悔やみとお礼を申し上げたい」

「いつだったか、ぼくが熱を出して倒れていたとき、ルーは、ブルーベリーとマンゴーを届けてくれたことがある。彼女は実に聡明で優しい人だった」

「ルー」が千波瑠を意味するのだとわかった瞬間、僕の顔は、雲間から陽が射し込んだように輝いていたに違いない。

この人たちは、ハルちゃんを知っている！

目の前で、奇跡のようなことが起こり始めている？

千波瑠の近くで暮らしていた人たち。千波瑠と交流のあった男たち。千波瑠と言葉を交わしたことのある隣人。漂流していた大海原で、頑丈な筏を発見したかのようだった。

僕は筏に手をのばそうとした。けれどもそれは砂漠で目にした蜃気楼に過ぎなかった。ふたりはこれ以上、僕と突っ込んだ会話をするつもりはなかったようで「よい一日を！」と締めくくって、階段を降りていこうとしている。

前のめりになりながら、彼らを呼び止めた。

「あの」

教えてもらいたいことがあります。の部分は、文法が間違っていた。それでも通じた。

「何でしょう？」

「彼女はここで……」

ひとりで暮らしていたのでしょうか？

幸せだったのでしょうか？

何かほかに覚えていることがありますか？

それらの質問はどれも、うまく言葉になってくれない。

つづきを言い淀んでいる僕に、犬を抱いた男が問いかけてきた。

「ああ、あなたは、日本からやってきた、彼女のボーイフレンドではないのですか？　それは失礼しました。てっきりあなたが、その人なのかと思いました」

「その人？」

もうひとりが言った。

「ええ、彼女は『日本にボーイフレンドがいる』と話していたことがあったから。ときどきこの街を訪ねてくることもあったようだし。我々は直接、会って話をしたわけではないけれど、彼がここに滞在していたことも、あったんじゃないかな」

「階段で今みたいに、すれ違ったことも？」

「あったかもしれないな。よく覚えてないけど」

ボーイフレンドという英単語は「恋人」を意味している。

僕の胸はざわついた。

やはり、そういう人がいたのか。あの写真の男か。しかも男は日本にいた。日本からわざわざここまで、ハルちゃんに会いに来ていた。ときどき？　いつからそういう関係だったのか？　それはいつまでつづいたのか？　彼女の遺言《リビングウイル》に、その男の名前すら出てこなかったのは、なぜなんだ？

僕の思惑をよそに、男たちは「じゃあまた」「お元気で」と言いながら、あっさりと姿を消した。所詮、千波瑠とも、その程度のつきあいだったということなのだろう。

しっぽを巻いた犬の心境で残りの階段を上がって、部屋のドアをあけた。

目の前には、がらんとした、空っぽの空間が広がっていた。

何もない。生活の匂いのするものも、生活の痕跡も、消えてしまった。埃や塵《ちり》まで消えてしまった。ナッシングだ。部屋のすみっこに、僕の旅行鞄が残されているだけだ。換気のためにと言って、掃除中にパコが回し始めた天井の扇風機の紐を引っ張って、スイッチを切った。羽根の音も消えた。

バスルームもキッチンも、バスタブもシンクも、壁も窓もきれいに磨かれている。特に窓ガラスは、プロの仕事とはこういうものかと唸らされる出来映えで、手をのばせば、手がガラスを突き抜けて、外の風をつかんでしまえそうに見える。

ふり返って、ベッドが置かれていた方の壁に目をやった。

窓から燦々と射し込んでくる午後の光が壁に、不思議な模様を創っている。ゆらゆら揺れている、影の模様だ。斜め向かいのビルのバルコニーに並べられている植木鉢の低木の葉っぱに、西陽が当たっているせいだろう。

つかのま、僕はその影絵に見とれた。

ちょうどヘッドボードがあったあたりで、影は揺れ動いている。光と風の描く絵を眺めながら、遠い日に聞いた千波瑠の声を思い出していた。

「お子様は早く寝なさい。あした、祇園会館の三本立てに連れてってあげるから。あのね、なっくん、いいこと教えてあげようか」

そのあとに、千波瑠は言った。

「しぶとく願いつづけていれば、望みというのは叶うのよ」

彼女はそう言った、はずだ。

彼女の「いいこと」とは「望みは叶う」だった、はずだ。

けれども今、空っぽの部屋のまんなかにひとり、影絵と共に取り残されている僕に、静かに語りかけてくる千波瑠の答えは、それとは違ったものだった。


——あのね、なっくん、いいこと教えてあげようか。


もったいぶらずに教えてくれよ。

壁の上で動いている影に向かって、僕はそうつぶやいた。

低くて、ちょっとだけかすれていて、かすれているのに濡れているような、野太い声が、影絵の中から聞こえてきた。

まぶたを閉じて、耳を澄ました。澄まさなければ、街の騒音にかき消されて聞き取れなくなりそうなほど、それは幽《かす》かな声だった。

――あなたが今、見ているものは幻だよ。この世で起こることはすべて、幻なの。そう思えば何も怖くないでしょ。


怖いよ、と答えを返した。

僕は死が怖いし、喪失が怖い。息子の人格を変えてしまった暴力が怖い。世界中に存在している暴力と破壊は、とても幻とは思えない。テロも戦争も地震も怖い。

ハルちゃん、ハルちゃんは、怖くなかったのか。

ひとりで、迫りくる死を迎えようとしていたとき、ハルちゃんの胸の中に、恐怖はひとかけらもなかったのか。

千波瑠は最後に何を、誰を、想っていたのだろう。

わずか五十年の、短い人生の最後に。

ハルちゃんの会いたかった人は、誰だったんだ？

最後に握りしめたいのは、誰の手だったんだ？

両手で握りこぶしを作って、しげしげとふたつのこぶしを眺めた。

どっちだ？　答えの入っているのは。

意味のない問いかけをしてみる。あたかもどちらかに、あかずの間《ま》の扉をあける鍵が入っているかのように。ぱっと同時に、両方の手のひらをあけると、もちろんそこには何も入っていない。

　この手で、一本の電話を取った。

　三日前の昼下がりだった。


　電話が鳴っている。職場のデスクの上に置かれているクリーム色の電話だ。社内の誰かが僕に、内線電話をかけている。

　僕は受話器を取る。

「はい、青木ですが」

「あ、青木さん、いらっしゃいましたか？　よかった」

　電話の主は、総務部で働いているアルバイトの男だった。名前を佐々木という。

　僕はそのとき、パソコンに向かっていた。部下のひとりが作成した、外国人向けに売り出す日本の観光ツアーの企画書を精査していたところだった。経費、売り上げ予想金などを計算し、利益が上がるかどうかについて判断し、企画会議にかけるかどうかを決める、というような業務。一刻も早く済ませて昼飯を食いに行きたいと思っていた。

　アルバイトの佐々木は言った。なぜか息を弾ませている。昼飯を食いに出ようとしていたところに運悪くかかってきた電話を取るために、走って引き返してきたせいなのか。

「在――日本領事館からの電話です。つないでいいですか？」

「なんだ、どこの領事館から？」

一瞬、海外のどこかで、うちの会社のツアー客が事故にでも遭ったのかと思った。

「ニューヨークです」

「事故か？」

「違います。というか、違うようです」

「どういうこと？」

「端的にまとめますと、ニューヨークにお住まいの、青木さんのご親戚の方がお亡くなりになられたようで」

「親戚？」

親戚という言葉と千波瑠が一致するまでには、まだ幾ばくかの時間が必要だった。

「間違い電話じゃないの？　俺、ニューヨークに親戚なんていないけど」

そんな間抜けなことを僕は言った。

「亡くなったのは、青木さんとおっしゃる女性の方のようです」

「おまえね、同姓だからって、俺の親戚とは限らんだろ？」

そう返した自分の言葉を聞きながら、理解した。

千波瑠の名前は青木千波瑠で、彼女は確かに僕の親戚で、ニューヨークに住んでいる。ここ数年、音信は途絶えているが、引っ越していなければ、住んでいるはずだ。

「わかった、サンキュ」

言うと同時に、点滅している外線ボタンを押した。オレンジ色のボタンだ。気持ちはさほど乱れていなかった。千波瑠が死ぬはずはない。何かの間違いだろう。

「お待たせ致しました。青木と申します。ご用件は？」

電話に出た相手は、細くて高い声の女性だった。落ち着いた口調から察するに、年配のようだった。ニューヨークの時間は、夏場は東京から一時間を引いて、昼と夜を入れかえればいいわけだから、今は向こうは夜の十時過ぎか。領事館関係者も残業するんだな、と、おかしなところで感心していた。

「一昨昨日《さきおととい》、青木千波瑠さんが収容先の病院で亡くなられまして、当方に登録されておりました日本国内のご連絡先である青木様のご自宅にかけさせていただいたところ、お留守でしたので、こちらの番号へ」

平日のこの時間帯、子どもたちは学校へ行っている。きょうは金曜日だ。母は最近ボランティアとして、家の近くにある公民館で月水金だけ、書道を教えている。

「亡くなったって、それは……」

どういうことでしょうか？

そう訊き返しそうになる言葉を押しとどめた。亡くなったといえば、それは死んだということだ。どういうことでもあるまい。

「お勤め先で急に倒れられて、病院へ搬送され、そのまま……」

急に倒れたって、どういうことでしょうか？

その疑問も、僕は呑み込んだ。知りたくなかったのだ、そのときには。どんな風にして死んだかなど、知りたくもない。死は死でしかない。死因を知れば、僕は千波瑠の死から逃れられなくなる。

追いかけるようにして、怒りが湧いてきた。お前はなぜ、こんな電話をかけてくる？　どういう権利があって、知らせてきた？　そんな理不尽な怒りだ。

「くも膜下出血のグレード5だったそうで、意識不明のまま昏睡に入られて、最期は苦しみもなく……」

くも膜下出血で死ぬのは、五十代から七十代にかけての女性が多い。そんな記事を雑誌か何かで読んだことがあった。しかしグレード5って、どういうことだ？　死にもレベルがあるのか？

黙っている僕に対して、女性は消え入りそうな声で言った。

「心からお悔やみ申し上げます。亡くなられたときには、会社の方々と、親しかったご友人などがそばにおられたそうです。その後のことは、顧問弁護士が管理していた、青木さんのリビングウィルに従って、事を進めたそうです。生前のご遺志により、お葬式やお墓はなしということで、遺灰のお引き取りと、遺品の整理などを青木夏彦さんに、とのことでございます」

もう灰になっているのか？

「これもご遺言によって、臓器などのご提供も滞りなく……」

アメリカではまだ若いうちから遺言を作成する人が多い、という話もどこかで見聞きしていた。臓器提供については、免許証の取得時に意思を登録する、というようなことも。だから、千波瑠もそうしたのだろう。郷に入っては郷に従えにならって。

電話を切ったあと、全身にびっしょりと汗をかいていることに気づいた。体中が熱かった。額も火照っている。心よりも体の方が敏感に反応していた。心は愚鈍だが、体は正直なんだなと思った。

しばらくのあいだ、放心状態に陥っていた。遺灰の引き取りと遺品の整理。それらを僕にと、千波瑠は書き残していた。そのことがなぜか、ショックだった。なんで僕なんだよと思った。いや、そうじゃない。僕としては、僕しかいないと思うのだが、千波瑠もそう考えていたというのが意外だった。僕以外に頼める人がいなかった、という事実に、千波瑠の孤独を見せつけられたようで、ショックだったのかもしれない。

「青木、飯食いに行くか？」

同僚の手が肩に置かれるまで、僕は一時的に、ここではないどこか、よその世界をさまよっていた。

ハルちゃんが死んだ？　ハルちゃんが死んだ。ハルちゃんが死んだ？　ハルちゃんが死んだ。念仏を唱えるように、不毛な問いと答えをくり返しながら。

「悪いな。俺、ちょっと食欲不振」

そう答えてふり向くと、同僚は言った。

「大丈夫か、おまえ。顔色悪いぞ」

当たり前だろ、と、心の中で食ってかかった。千波瑠が死んだんだ。たった今、知らされたんだ。正気でいられるわけがないだろ。

収拾のつかなくなった気持ちとは裏腹に、その日の午後から夕方にかけて、自分のやるべきことを至って冷静にこなしていった。

母への連絡。母との話し合い。ニューヨーク行きの航空券とホテルの手配。会社への休暇届。急ぎの案件や業務上のアポイントメントの引き継ぎ。出発はあさって、日曜日だ。月曜日に部屋の整理をして、火曜日の朝の便でもどってくる。成田に着いたとき日本は水曜日になっている。木曜日から出社する。休暇届は三日間で済む。届けは即座に受理された。それから、領事館から教わっていた弁護士へ英語のメールを書き送った。弁護士からの返信を待って、アパートメントの管理人への連絡もした。

そのような一連の行為によって、どれだけ救われたことだろう。通夜や葬式は、死者ではなくて生者のためにおこなわれるものなのだということを、改めて痛感した。

きのうの夕方、空港から直接、タクシーで病院へ向かって、そこで千波瑠の遺灰を受け取った。千波瑠が週に三日ほど働いていたという雑誌社の近くにある病院だった。長いフライトによる疲れで、車がどこをどう走っているのか、まるでわからなかった。

遺灰は、ブルーグレイの壺に収まっていた。あまりにも小さかった。これは、アメリカから日本まで持ち帰りやすいようにと、千波瑠が生前、遺言に記してあった大きさであるという。

こんなに小さくなって。

まるで自分が僕よりも先に突然死することを、予知していたような用意周到さではないか。くも膜下出血というのは嘘で、本当は自死したのではないかと疑ってみたくもなるほどに。

こんなに軽くなって。

胸の奥が痛くなったが、涙は流れなかった。悲しみを悲しみとして味わえるようになるまでには、まだ時間が必要だ。僕の感情の装置は、そういう風にできている。きっともっとあとになって、僕は泣くのだ。しかも激しく。

病院からホテルまで、ふたたびタクシーで向かった。イエローキャブだ。運転手はアラブ系と思しき男で、頼んでもいないのに、巻き舌の英語で下手な観光案内をしてくれた。別れ際には名刺を手渡しながら「用があったら電話してくれ」と言った。

今朝は、午前三時半に目が覚めた。ホテルの朝食が始まる六時半までの三時間、ベッドの中でひたすら寝返りを打ちつづけていた。

朝一番に領事館を訪ねて、さまざまな書類にサインをした。ほとんど事後承諾に当たるような内容の書類ばかりだった。

そこからチェルシーまで、二十数ブロックほどの距離を、僕は歩いていくことにした。体が運動を求めていた。

ビルとビルのあいだから見え隠れする空はどこまでも高く、青く、澄み切っていた。天上から、光のシャワーが降ってくるような晴天だ。

月曜日。一週間の始まりだ。親に付き添われて学校へ向かう子どもたち、スーツ姿にスニーカーで職場に向かう人たち。犬を連れて散歩している人、犬といっしょにジョギングしている人、ベイビーカーを押しながらジョギングしている人。カフェがあり、花屋があり、本屋があり、パンケーキハウスがあり、美容室があった。コーヒーの香りがして、パンの香りもした。ローラースケートで道を行くビジネスマン、制服姿の配達員、ごみ回収のトラック。何気ない日常、人々の日々の営みが、そこここにあった。それらがきらきら輝いているように見えた。ひとたび死者の目を通して見ると、この世界はどこまでも美しく、輝いているものなのだと知った。

一度、その前を通り過ぎてから、「あ、行き過ぎた」と思って、引き返した。

目の前に、赤煉瓦造りの建物があった。見上げると、縦長の窓が屋上のすぐ下までつづいている。下から数を数えた。六階建てか。番地を確認した。あのビルだ。

階段を三段ほど上がって、エントランスにつながるドアをあけると、左手に集合郵便受けが並んでいた。千波瑠の部屋は4Rだ。すでにネームプレートは外されていた。

管理人に会って、簡単な打ち合わせをした。

それから階段を昇っていった。一歩ずつ、踏みしめるようにして、四階のこの部屋へとつづく階段を。

ドアの前まで着くと、鍵を鍵穴に差し込んでドアをあけた。鍵は上下にふたつ、付いていた。上が銀色の鍵。下は金色の鍵だ。

最初に目に飛び込んできたのは、ベッドとテーブルと椅子だった。

次に僕の目を捕らえたのは、丸テーブルの上に置かれていたノートだった。本のようにも見えた。ついさっきまで、千波瑠がそのテーブルの前に座って背中を丸め、ノートを広げて、何かを書いていたのではないかと思えた。彼女は僕にとって「いつも何かを書いていた人」だった。現にすぐそばには、ペンも置かれていた。なんの変哲もない黒のサインペンだ。

僕はそのノートを手に取った。ぱっと開いたページを見た。そこには、詩のような文章が書きつけられていた――。


わずか三時間ほど前のことなのに、まるで三年前の出来事を思い出すようにして、僕は千波瑠のノートに書かれていた詩を反芻してみる。今は、郵便局のどこかに雑然と積み重ねられた、無数の段ボール箱のひとつの底で、日本への出発を待っている詩だ。

細かいところまで正確かどうか、自信はないのだが。

「ある朝、鏡を見て、自分はもう若くないと思ったとき、人生は終わっているのだろうか。それともその日から始まるのだろうか。始まるのだと思いたい。そうでなかったら報われない。報われないのが人生だとは思うのだけれど」――

ハルちゃん、さようなら。

今度こそ、さようならだな。

思い出の品の詰まった旅行鞄を手にすると、僕は部屋をぐるりと見回した。何か忘れ物はないか。あるわけないだろ、と思いながら。

あるわけのないものは、あった。

窓のすぐ下に、それは落ちていた。窓の桟に隠れて見えなかったものが、たまたま光の加減か何かで一瞬のきらめきを放ったのだろう。一円玉のように見えた。ここはアメリカなんだから、ダイムか？

コインではなかった。近づいて拾い上げてみると、鍵だった。薄くて軽くて小さい。まるでおもちゃの鍵のように見える。カーブと切れ込みの組み合わせが船を形づくっている。僕の目にはそのように見えた。

なんの鍵だろう。

僕がごみとして捨ててしまったオルゴールの鍵か、宝石箱の鍵か。いや、あれらには鍵穴はなかった。いずれにしても、捨てるには忍びない。捨てる必要もない。こんな小さな物を。僕は上着の内ポケットに鍵を収めてから、部屋を出ていった。

*

偶然でもいい
必然でもいい
目標でもいい
野望でもいい
これしかない
これだけができる
これだけが好きだ
そう思えることをひとつだけ見つけたら
一生を通してそれを追求する
人生にゴールはない
誰の人生も途中で終わる
それでも鍵を握りしめて馬鹿馬鹿しいほどに
ひとつのことを追求しつづければ

人生は結果的に意味のあるものになると
ある哲学者がインタビューに答えて語っている
聞きながら私は思っている
あなたという幻を
その幻について書くということを
追求しつづけた私の人生は
果たして意味のあるものだったのだろうか
それとも座礁したことにこそ
意味があったのだろうか

＊

あれから十年が過ぎた。

東日本大震災が起きて、福島原発事故が起きた。世界中に、テロの嵐が吹き荒れている。事件が起こるたびに僕は、それらを知らないまま死んだ千波瑠のことを思った。ときには「ハルちゃん、よかったな。こんなひどい事件を知らずに済んで」と思うことさえある。日本の政治も政治家も腐ったままだ。日本は福島を見捨てて、オリンピックの開催に舞い上がっている。おかげで、うちの会社も儲かるわけだが。

チューブから押し出される歯磨きペーストのように生きている僕の日常にも、それでもささやかな喜びはあって、たとえば物言わぬ息子が、千波瑠の遺品である取っ手の取れたマグカップに、すみれやたんぽぽやクローバーを生けてテーブルの上に置き、一心にスケッチしている姿を目にするとき、あるいは娘が長椅子に寝そべって、『スプートニクの恋人』を熱心に読んでいる姿を見つけたりするとき、冷え切った僕の心を、あたたかい風が吹き抜けていく。

「ねえ、パパ、この鉛筆の書き込みって、誰がしたの？」

「前に話しただろ？　おまえの大叔母さんだよ」

今の僕は、千波瑠を思い出す、という行為によってしか、千波瑠を愛せない。

「ああ、ニューヨークに住んでた人？　美人でかっこいい叔母さん？」

千波瑠が書き残していた小説と思しき原稿の束を、ニューヨークから東京へ送った箱の中から取り出して、僕は幾度、読んだことだろう。書き上げられたものなのか、書きかけのものなのかもわからない原稿だ。男への一連の手紙として綴られている作品。千波瑠の創造したもうひとつの人生。それは千波瑠の生きたかった時間、こうありたかったという恋愛の形だったのか。秘められた恋だったのか、得意な「恋のお話」だったのか、僕にはいまだに判断がつかない。

「そうだよ。写真も見せただろ?」

「もしかして、ママと別れたのは、その人のせいだったりして?」

ポーカーフェイスでそんな質問を投げかけてくるほどに、娘は成熟している。彼女には婚約者がいる。彼が日本の大学に留学中に知り合ったというフランス人だ。結婚式は内輪だけで今年の秋にする。そのとき僕は五十二になっている。千波瑠の歳を追い抜いてしまった。僕は寿命の半分以上を生きたことになるのだろうか。それとも今が晩年か。

ある日、つまらない探し物をしているさいちゅうに、僕は、引き出しの奥できらりと光っている小さな鍵を発見する。

なんの鍵だ、これは?

僕はどこでこれを?

こんなものを?

そう思って手に取った瞬間、赤煉瓦造りのアパートメントがよみがえってくる。

鍵を握りしめて、僕は思い出す。チェルシーの二十二丁目、八番街と九番街のあいだの街並みと街角、並木、玄関口の前のステップ、重たいドア、正方形のエントランス、螺旋階段。

そこまで思い浮かべて、「待てよ」と思う。

待てよ、エントランスの小さなホールに、集合郵便受けがあったじゃないか。

この鍵は、あの郵便受けをあける鍵だったのではないか。

郵便受けには確かに、鍵穴があった。

もしかしたら――

十年前、あの郵便受けの中には、何かが入っていたのか。この鍵を使ってあの郵便受けをあけたなら、そこには何か、千波瑠にとって非常に重要なものが入っていたのかもしれない？

まさか。

頭の中で、船の形をした鍵を、4Rの鍵穴に差し込んでみる。カチッと音がして、郵便受けの扉があく。白い封筒が見える。

たとえばそれは、千波瑠に届いた、男からの手紙だった。千波瑠はそれを一日千秋の思いで待っていた。たとえばそれは、千波瑠が文芸誌に投稿した小説――タイトルは『難破船』だ――の入選を知らせる、日本の出版社からの通知だった。千波瑠はそれを首を長くして待っていた。

千波瑠の待ち望んでいたものが、あの日、あの郵便受けには入っていた。

そう思うことは、馬鹿げた妄想だろうか。

妄想に過ぎない。

馬鹿げている。

そんなことは起こらない。

小説の世界では起こっても、現実の世界では起こらない。

今の今までずっと、思い出すことさえなかった管理人の顔が浮かんでくる。僕に対して親切なのか不親切なのか、千波瑠に好意を抱いていたのか無関心だったのか、その言葉からは何も読み取れなかった、表情の乏しい男だった。

仮に十年前に、彼が自分の鍵を使って郵便受けをあけ、そこに入っている白い封筒を見つけていたとしても、彼はそれをわざわざ僕に送ったりしない。別の封筒に日本の住所を書いて、エアーメールの切手を貼って投函する。忙しい管理人は、そんな面倒なことはしない。封を切らずに捨てたか、破り捨てたか、雑巾みたいにひねって捨てたか、リサイクル箱に入れたか、それらのうちのどれかだろう。それが現実だ。

ある人にとってはその後の人生を塗りかえてしまうほど大切な一通の手紙でも、ある人にとっては紙くずでしかない。それが現実だ。

一円玉ほどの軽さしかない鍵を握りしめて、ひとり思う。

千波瑠のいない世界で、千波瑠の知らない時代を、望むと望まざるとにかかわらず、僕は生きていく。死へ向かって一歩ずつ、歩みを進めてゆく。何も望まず、何も求めず、多くを期待せず、多くを所有せず。

なぜならこの世で起こることはすべて、幻なのだから。

そうだったな、ハルちゃん。

――なっくん、おもしろいお話、聞きたい？　むかしむかしあるところに……で始まるんだけど、とびっきり新しいお話があるの。

本文中の空海の言葉は、以下の書籍から引用させていただきました。
『生き方が変わる！　空海　黄金の言葉』（ナガオカ文庫）

JASRAC 出 2000262-001

本書は書きおろしです。

小手鞠るい

（こでまり　るい）

1956年岡山県生まれ。同志社大学法学部卒業。「詩とメルヘン」賞、「海燕」新人文学賞、島清恋愛文学賞、ボローニャ国際児童図書賞などを受賞。2019年『ある晴れた夏の朝』で、小学館児童出版文化賞を受賞。主な著書に『玉手箱』『エンキョリレンアイ』『欲しいのは、あなただけ』『アップルソング』『星ちりばめたる旗』『炎の来歴』『瞳のなかの幸福』『空から森が降ってくる』『窓』など。ニューヨーク州ウッドストック在住。

私たちの望むものは

二〇二〇年三月二〇日　初版印刷
二〇二〇年三月三〇日　初版発行

著　者――小手鞠るい
装　丁――アルビレオ
写　真――加藤新作
発行者――小野寺優
発行所――株式会社河出書房新社
〒一五一－〇〇五一
東京都渋谷区千駄ヶ谷二－三二－二
電　話――〇三－三四〇四－一二〇一［営業］
〇三－三四〇四－八六一一［編集］
http://www.kawade.co.jp/
組　版――KAWADE DTP WORKS
印　刷――株式会社亨有堂印刷所
製　本――小泉製本株式会社
Printed in Japan
ISBN978-4-309-02866-8

小手鞠るい　河出文庫

結婚するなら、猫好きオトコ

「結婚するなら、猫好きな男。これはもう、自信をもって、言えること」。恋愛小説家で無類の猫好きである著者が、実体験をもとに綴ったユニークな究極の恋愛指南エッセイ集。

エンキョリレンアイ

今すぐ走って、会いに行きたい——。二十二歳の誕生日、花音が出会った運命の彼は、アメリカ留学を控えていた。遠く離れても、熱く思い続けるふたりの恋。純愛一二〇％小説。